春来遍是桃花水,
不辨仙源何处寻。

何年是归日，
雨泪下孤舟。

劳歌一曲解行舟,
红叶青山水急流。

闲来垂钓碧溪上,
忽复乘舟梦日边。

你若幸福，必有诗香

温习最美唐诗

王子龙 著

北方联合出版传媒(集团)股份有限公司
万卷出版公司
2017年·沈阳

ⓒ 王子龙 2017

图书在版编目（CIP）数据

你若幸福，必有诗香：温习最美唐诗 / 王子龙著. — 沈阳：万卷出版公司, 2017.10
　　ISBN 978-7-5470-4624-1

　　Ⅰ.①你… Ⅱ.①王… Ⅲ.①唐诗—诗集 Ⅳ.①I222.742

中国版本图书馆CIP数据核字(2017)第201886号

出 品 人：	刘一秀
出版发行：	北方联合出版传媒（集团）股份有限公司
	万卷出版公司
	（地址：沈阳市和平区十一纬路25号　邮编：110003）
印 刷 者：	沈阳海世达印务有限公司
经 销 者：	全国新华书店
幅面尺寸：	145mm×210mm
字　　数：	180千字
印　　张：	9
出版时间：	2017年10月第1版
印刷时间：	2017年10月第1次印刷
责任编辑：	张洋洋
责任校对：	李　楠
装帧设计：	马婧莎
ISBN 978-7-5470-4624-1	
定　　价：	32.00元
联系电话：	024-23284090
传　　真：	024-23284448

常年法律顾问：李　福　版权所有　侵权必究　举报电话：024-23284090
如有印装质量问题，请与印刷厂联系。联系电话：024-86205766

目录

序言 001

壹 初唐钟声

大运河的涛声送走了隋朝——序曲 003

无情最是帝王家——唐太宗玄武门之变 006

至尊红颜的时代——武则天与上官婉儿 012

王杨卢骆当时体——「初唐四杰」 019

文采风流天下扬——沈佺期、宋之问 028

贰 盛唐华章

一代女皇的石榴裙——武媚娘 033

女皇的儿子不好当——李贤 038

全唐第一炒作大师——陈子昂 042

生花妙笔，救人救己——王维 050

山水田园是我心——孟浩然 058

不胜人生一场醉——贺知章 065

理想很丰满，现实很骨感——李白 069

令"诗仙"搁笔的高人——崔颢 079

孤舟一系故园心——杜甫 083

由盛转衰的悲歌——白居易一曲《长恨歌》 089

叁 中唐流韵

草根诗人终封侯——高适 109

探骊得珠惊四座——刘禹锡 120

桃花依旧，人面难寻——崔护 133

无情不似多情苦——元稹 137

恨不相逢未嫁时——张籍 153

寸草春晖——孟郊 159

苦吟诗人——贾岛 165

傲睨天下的一代文宗——韩愈 171

郁闷的「诗鬼」——李贺 179

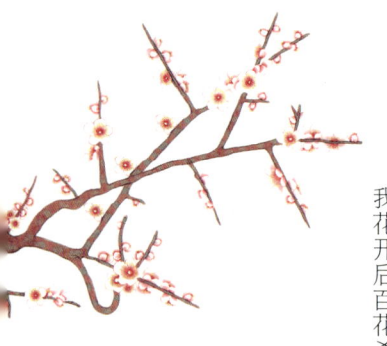

肆 晚唐夕阳

此情可待成追忆——李商隐 189

落花犹似坠楼人——杜牧 197

强盗劫诗不劫财——李涉 200

难得有心郎——鱼玄机 204

秋江上的芙蓉——高蟾 211

我未成名君未嫁——罗隐 220

我花开后百花杀——黄巢 228

伍　唐诗禅意

挂在青天是我心——寒山大师　239

春有百花秋有月——赵州禅师　244

本来无一物——六祖慧能　249

附　诗意人生——参加诗词节目趣谈　255

后记　一片冰心在玉壶　264

序言

谢谢你,打开这本书。

打开这本书就是走进了一个充满诗香的玲珑世界。

在这里,你能看到"滟滟随波千万里,何处春江无月明"的皎洁月光;

你能听到"此曲只应天上有,人间能得几回闻"的飘飘仙乐;

你能感受到"劝君更进一杯酒,西出阳关无故人"的别绪和离愁;

你能激荡起"大鹏一日同风起,扶摇直上九万里"的豪情与壮志。

在这里,你可以和李白对话,问问他为什么"朝辞白帝彩云间,千里江陵一日还"?

在这里你可以陪杜甫看景,听听"江间波浪兼天涌",看看"塞上风云接地阴"。

在这里,你可以跟着王维去辋川修行,体悟一下"行到水穷处,坐看云起时"的禅意。

在这里，你可以结识"锦江滑腻蛾眉秀，幻出文君与薛涛"的万里桥边女校书，你可以了解那个"易求无价宝，难得有心郎"的无价之宝鱼玄机……

现代生活中，我们都感到生活的节奏越来越快，我们的视力总是不由自主地被那些看上去很美的馅饼所吸引，我们的时间总是身不由己被那些貌似很重要的应酬所占据，我们的精力总是莫名其妙地被那些听起来很严重的事务给消费……

可是在我们身心疲惫地追求那些物质层面满足的同时，那些满足真能给我们的内心带来宁静与幸福吗？如果不能，那么我们内心的幸福究竟在何处？

无须纠结，打开这本小书，抛开功利，回归我们心灵的纯洁，一身轻松地走进我们的唐诗世界，随着本书画卷的徐徐展开，温习一下曾经耳熟能详的最美唐诗，嗅一嗅这朵充满诗香的文化牡丹。你会记起曾经让你激动不已的诗篇与人物，你会从诗句和历史沧桑里汲取前行的动力，让诗意充盈你的人生，从传统文化中汲取前行的动力，重温好诗，做个幸福当代人。

我在讲座时经常说的一句话就是：唐诗是摔不坏的古董，收集多少古玩不如背诵几首唐诗。古诗词是我们几千年的文化传承，是我们中国人特有的文化符号，是我们中国人极具魅力的情感表达方式。我们越是生活在快节奏的都市列车上,越要让内心的轨道慢下来,用生命的纯净去感受这种传承,欣赏这种符号,学会这种情感表达方式。你会发现唐诗的文化基因早已烙印在你的灵魂中,因为中华民族就是一个充满诗意的民族。诗意栖居,诗意生活,诗意前行,诗意成长,人生自有诗意。

我的成长历程就是诗意伴我行。读诗、背诗、教诗、写诗是我的职业和事业。我曾经在一所远离城区的农村小学任教,下班就住校。冬天放学后,我一个人在没有暖气又跑风的办公室里读诗,窗外是漫天的飞雪,窗内是百般红紫的芳菲。

诗意给了我不断前行的动力,也赐予了我帮助别人的力量。我当了十几年老师,从小学教到大学,把诗意一路播撒给桃李们,学子们的文章不断发表在报刊上,我的诗意教育绽放出了美丽的花朵。后来我到高校工作,做过辅导员和图书馆员,不管在什么岗位,我都想方设法开设公选课,利用一切条件继续读诗、背诗、教诗、写诗。把诗情画意的火种播撒在一个个青春的脸庞上,是我不懈的追求。后来我登上了央视的舞台以诗会友,成为了《中国诗词大会》的季军,应邀赴各地讲座,被很多重视文化的单位和部门聘为专家、教授,但我常对大家说:我就是个老师,朋友们去好好读书、背诗,我就心满意足了。

感谢你打开这本书,让我们一起去好好品味唐诗百花园里的浓郁诗香,因为阵阵诗香能够给我们的内心带来真正的幸福与安然,这抹诗香也会激励我们成长,带给我们前行的动力。诗和史是传统文化的一双瑰宝,更是两朵盛开在文化之树上的阆苑仙葩,这本小书会让你看到诗歌旁的历史,会让你听到历史畔的诗歌。左手诗词,右手历史,张开双手,就是诗情画意的美丽人生。

你若幸福,必有诗香。

王子龙

2017 年 8 月

初唐钟声

大运河的涛声送走了隋朝——序曲

唐朝（618—907），是继隋朝之后的又一个大一统王朝，共21位皇帝，延续289年。因皇室姓李，故又称为李唐。

在唐朝立国时，中国经历了三国、两晋、南北朝几百年的战乱与分裂，刚刚由隋文帝建立的隋朝恢复了大一统，百姓才看到一丝和平的曙光。可隋文帝之后，隋炀帝杨广即位，杨广骄奢淫逸，挥霍无度，人为激化了很多矛盾，本就不平静的国家很快又是一片战乱。豪强割据并起，农民起义纷纷，军阀混战，民不聊生。此时，静静地看着天下局势，要有所作为的是担任隋朝太原留守的唐国公——李渊。

这位公爵很有抱负和雄心，他敏锐地意识到了天下大乱对自己的召唤。他不可能安心替隋炀帝这个昏君做什么太原留守。于是，他果断地起兵了，那一年是隋大业十三年，公元617年。一年后，李渊称帝，大唐建国。

我们细数一下李渊称帝开国的步伐，不难发现其和一般的豪强割据不同，唐国公李渊很有政治谋略。他起兵夺取政权，但不肯背谋反的恶名，所以在攻占首都长安之初，他随便找了个隋朝皇室成员——代王杨侑，把这个杨侑推举为皇帝，自己掌实权，封自己为唐王兼大丞相。大家看，这就是手腕，这几步做得非常有分寸。占领了首都，不急于称帝，还找个傀儡出来顶着，他一下就成了隋末大混战中的舆论胜利者。其余各派都是造反的反贼，只有他李渊成了拥立新皇帝的功臣。他可以说自己起兵不是叛国，只是为了废掉隋炀帝这个暴君，然后拥立一个相当好的新君，杨侑还真有个帝号叫隋恭帝。走完这几步棋，李渊就能坐在首都静观天下之变。

果然不久，早已无力掌控局势的隋炀帝在南巡途中被部下杀死。这个有能力、有建树又极为骄奢的一代帝王，终于在自己开发的京杭大运河畔被乱兵所杀。

尽道隋亡为此河，
至今千里赖通波。
若无水殿龙舟事，
共禹论功不较多。

——《汴河怀古》

那么多评价隋炀帝的诗歌，只有晚唐皮日休的这首作品极为中肯。皮日休以史家冷静、公平的眼光，准确评价了隋炀帝开发大运河的功绩。当然，开挖大运河时，隋炀帝的横征暴敛激化了统治者与小民、士绅的矛盾。所以说"尽道隋亡为此河"，可事实是"至今千里赖通波"。大运河的开通，对沟通中国南北的经济起到了至关重要的作用。若没有那么多骄奢淫逸的事情，隋炀帝再珍惜一点民力，他的功劳和当年的大禹也没什么区别。的确是这样，隋朝的灭亡不在于运河的开凿，而在于统治者激化了矛盾，也在于统治者内部的权力颠覆，比如李渊的起兵，就是统治集团内部对隋炀帝的颠覆。

对这一段历史故事感兴趣的朋友们可以去看看《隋唐演义》，我们耳熟能详的秦琼、程咬金等人物均是这一时期的。当然演义不是历史，要了解历史还是要读正史材料。

无情最是帝王家——唐
太宗玄武门之变

隋炀帝的死讯传到长安，傀儡隋恭帝非常识趣，马上禅让皇位给李渊，李渊少不了推辞一番，然后愉快地接受了。李渊成了唐高祖，历史进入唐朝，那一年是李渊起兵后的第二年，公元618年。

起兵一年就当上皇帝，李渊的造反成功速度空前绝后。历代谋反，无不是处心积虑，步步为营，最后九死一生当上皇帝。只有李渊起兵，异常迅速地结束了隋朝，开启了大唐。这里边有李渊集团的政治才能，最主要的是人心思定。全中国刚刚统一了几十年，实在不忍心再回到南北朝那个惨不忍睹的年代去。李渊这次武装政变，不适合被看作一次自下而上的、彻底的改朝换代，更像是一次统治集团内部的调整，由杨家调整成了李家，改个国号而已，首都还是长安，官制、版图、典章制度一切继承，所以只有快速完成皇位更替，国家下层受到的波及才会较小。李渊即位后，主要精力都用来平定和他一样起兵割据的小势力，并没有用来对付隋朝的政权。因为隋朝政权早随着隋恭帝的禅让拱手交给李渊了。李渊的阻力不在隋朝，而在于和他一样趁乱起兵的其他割据势力。

李渊当了皇帝，坐镇长安，不方便亲自出马到处镇压，所以到处镇压割据势力的任务落到了几个儿子身上：太子李建成、秦王李世民、齐王李元吉。这几位成了巩固大唐开国政权的先锋。在斗争中，几位皇子都凝聚起了相当强大的个人势力，势同水火。最后发展到李渊以皇帝和父亲的身份都不能压制的地步，这就是历史上著名的玄武门之变。时间是公元626年，李渊称帝八年后。

这一年，太子李建成和齐王李元吉这一派在皇宫的玄武门和秦王李世民集团摊牌，进行了一次残酷的宫门火并。李渊就在宫里，毫无约束之力，眼看着三个儿子现场搏杀。

玄武门之变的起因表面上看是谁当皇帝的权力之争，实质是统治集团内部，自起兵反隋以来的不同豪族势力间的火并。历史朝代更迭背后都有豪族势力的影子，地主豪强势力通过影响王权进而支配社会。太子一派早就把李世民当作了威胁。李世民自恃功高，在到处的镇压活动中形成了自己能征善战的队伍，也非常不服太子。所以双方矛盾是你死我活的。玄武门骨肉火并的借口众说纷纭。太子一派说是李世民要谋反。李世民说自己很无辜,是太子埋伏人马要在玄武门干掉自己。总之谁是谁非说不清了,就知道双方必须让对方死,结果是玄武门一场混战,李世民惨胜。

其实在火并中,他好几次也差点被李元吉杀掉,幸亏尉迟敬德等将非常凶猛,玩命拼杀,最终杀死了李建成和李元吉。尉迟敬德等在玄武门杀兄砍弟事变中表现神勇的十几个人都被李世民画像供在了凌烟阁,这是表彰功臣的最高礼遇——绘像凌烟阁。

胜出的李世民拎着亲哥哥和亲弟弟的两颗人头,带着砍人砍红了眼的小弟尉迟敬德冲进深宫,跟亲爸爸李渊报告:"我哥和我弟谋反,被我解决了,反正情况就这么个情况,现在国家也没个主心骨,不利于安定团结。"

李渊一看尉迟敬德那一身血,就明白事情的严重性了。他是见过大风浪的,也非常能审时度势。他果断下令:既然太子死了,那就立李世民为太子,大事都归李世民管,国家也必须有一个主心骨了。

不久,李世民就进一步把李渊升格成了太上皇,自己即位,就是唐太宗。但政权好平,皇位也好坐,自己的内心却不容易安稳。杀了哥哥和弟弟,还为了斩草除根,又把李建成、李元吉等人的子孙挨个杀死,到了晚年,李世民一闭眼就看到李建成和李元吉来索命,整夜不敢合眼。

见鬼的李世民被迫请来一身煞气的尉迟敬德和秦琼两位猛将站在门口守着，这两位一生杀人无数，自然不怕鬼，特别是尉迟敬德听说李世民怕鬼，十分鄙夷说道："开辟江山杀人无数，岂有鬼哉？"

有他们戳在门口，李世民才稍微敢睡会儿。只不过尉迟敬德和秦琼岁数也不小了，总站着站不住啊，所以把他俩的像画下来，贴到门上，希望能吓住厉鬼。这就是中国民间贴门神的来源。李世民跟兄弟的骨肉相残，竟然创造了一种中华传统民俗，还真是"无情最是帝王家"的意外收获。

李渊这位开国皇帝，只坐了八年皇位就被亲儿子弄成了太上皇。太上皇在哪个朝代都不是什么好职位，尤其在唐朝就是软禁的代名词。成了太上皇后不久，李渊就很识时务地在深宫软禁里归天了。

李世民开始了著名的贞观之治。贞观一朝，李世民清楚江山来之不易，所以倍加珍惜。他励精图治，三省六部都发挥了良好作用，文臣武将各尽其责，唐朝国力慢慢恢复，为后面的盛唐做好了铺垫。我们来看一首李世民的作品，这首诗恰恰写于玄武门之变的玄武门。

韶光开令序，淑气动芳年。
驻辇华林侧，高宴柏梁前。
紫庭文佩满，丹墀衮绂连。

> 九夷簜瑶席，五狄列琼筵。
> 娱宾歌湛露，广乐奏钧天。
> 清尊浮绿醑，雅曲韵朱弦。
> 粤余君万国，还惭抚八埏。
> 庶几保贞固，虚己厉求贤。
> ——《春日玄武门宴群臣》

这首诗，作于唐太宗执政时期，李世民在玄武门大宴群臣，来宾不但有臣子，还有四夷及外国使臣，大唐的长安很早就成了国际化都市。作为开创了贞观之治的一代雄主，在玄武门这个特殊的地方感受万国来朝，此时的唐太宗一定是百感交集的。"韶光开令序，淑气动芳年"，说明天时、地利、人和都有利于大唐，太宗的意思就是：今天是个好日子。"九夷簜瑶席，五狄列琼筵"，这将盛宴的场面描绘得淋漓尽致，夷狄在唐朝已经不再是偏远游离于中原之外的野蛮人了，而是融入中华盛世的子民，这就是大唐雍容华贵的风采，也正是大唐开创者的一代胸怀。

唐太宗曾经在玄武门这个地方，杀兄砍弟蹚出一条血路坐上了皇位，他无愧于这个皇位，他用二十三年的兢兢业业，铸就了贞观之治。"庶几保贞固，虚己厉求贤"，这两句放在最后，很像曹操的"周公吐哺，天下归心"。这是一种政治宣誓，表明自己求贤共治的决心。唐太宗实践了自己求贤若渴的誓言,曾经的敌人魏徵成了自己的重臣;一日御驾三清落魄书生马周,让马周做到了宰相。唐太宗被少数民族尊为"天可汗",他无愧于那个时代,那个属于玄武门的时代。

至尊红颜的时代——武则天与上官婉儿

李世民死后,太子李治即位,是为唐高宗。高宗治国基本中规中矩,延续了贞观之治的良好势头,可惜高宗身体不好,经常生病,这一病,好多公务就处理不了,得有人帮忙处理,找谁呢?当然是找身边的亲近之人,于是一位彪炳千秋的女性走上了历史舞台。她就是李治的皇后——武则天。

武则天开始以协助李治的身份参与政权,而且是从参与到逐渐掌控到完全搞定。李治一死,虽然有太子李显即位为唐中宗,但李显早成了摆设,一切大政均归于武则天。后来,李显被废,注意,武则天的权力可以废立皇帝。武则天又把另一个儿子李旦扶成了傀儡皇帝,最终武则天又废了李旦走上前台,改国号为周,自己称帝。

这是中国历史上绝无仅有的一次女人称帝。战国时秦国的宣太后芈月，大权独揽几十年，但不过就是称的太后。刘邦的夫人吕后，在刘邦死后生杀予夺几十年，也没称帝，还是叫太后。近代掌控大清五十年的慈禧太后，人家也没称帝，前边还有个皇帝光绪呢。所以女人直接出来当皇帝，武则天霸气侧漏，青史第一。

在武则天还没当上皇帝前，高宗倚仗的大臣是宰相上官仪，上官仪很有文采，经常上朝时骑马徐行，随口吟诗，吟出的都是千古名句。

> 脉脉广川流，
> 驱马历长洲。
> 鹊飞山月曙，
> 蝉噪野风秋。
> ——《入朝洛堤步月》

当时的大臣们听着上官仪吟诗，都觉得好似神仙下凡。但武则天乾纲独断不需要上官仪指手画脚，就杀掉了上官仪，上官仪以抄家收场。他的孙女上官婉儿却进宫当了武则天的侍女。杀爷爷重用孙女这就是一代女皇的用人理念，别人谁敢？上官婉儿的爷爷被武则天所厌恶，但她却逐步获得了武则天的宠信，在武则天执政后期，成了大唐权力中枢里举足轻重的人物。

武则天称帝之后,朝政还算合理,用人也还得当,神断狄仁杰就是武则天破格提拔的,屡破奇案,鼎力朝纲。武则天时期的政治整体还上轨道,继续为玄宗时代的开元盛世做着准备。但不满武则天的人们始终没有放弃,终于在神龙年间,宰相张柬之等人联合禁军,发动了神龙政变,谎称武则天的男宠张昌宗和张易之二人谋反,带兵围了武则天的宫殿。武则天被迫宣布退位,国号恢复成大唐。当过皇帝现在又当太子的李显又即位成了唐中宗,短短一生两度当皇帝,李显也是奇人。但这次神龙革命很不彻底,只是终结了武则天而已,武则天的侄子梁王武三思等人都还盘踞在高位,而且李显的韦皇后也不是个省油的灯。

策划神龙政变的几位大臣还没来得及享受胜利果实就又被武三思和韦皇后的势力给清除了,张柬之等老臣曾力谏中宗李显要处死武三思,李显不听,他不是不听,他本质就软弱,一辈子被妈妈武则天囚禁,他哪敢不软弱?现在让他处死武三思,他没这个胆量。张柬之等人依靠皇帝李显,武三思则勾结韦皇后,实权在韦皇后这里,所以死的是张柬之等。

多行不义必自毙,武三思祸乱朝纲不止一日,除掉几位老臣后,武三思又计划除掉李显的太子李崇俊。李崇俊不像他爹那样软弱,带着三百多士兵就发动兵变,一举杀了武三思。武三思做梦也没想到这个软弱皇帝的太子这么威猛,他就是在梦中被杀的。可惜李崇俊没能扩大战果,他要是一举发兵连韦后也杀掉，再逼老爹为太上皇，这历史就改写了。但他能力有限，胆量和谋略也欠缺一点，杀了武三思后，带着那三百来人就往皇宫深处走，没走几步就被大兵镇压了。

韦皇后一看武三思死了，自己少了帮手，就加快了夺权步伐，又想学习武则天来个女皇第二，她闺女安乐公主也有这个想法。于是母女合谋干脆毒死了李显。

李显死后，武则天的女儿、权倾朝野的太平公主不干了，太平公主是武则天的女儿，但一直是李唐的拥护者，和李显、李旦这两个亲哥哥感情特别好，武则天时期幸亏有这个太平公主在武则天那里周旋着才保了俩哥哥一条命，等于说这个女儿还是向着亲爹的。太平公主联合自己的另一个哥哥就是当过睿宗的李旦，又发动政变把韦后和韦后的女儿安乐公主给灭了。这次政变中，政治上的不倒翁，历经几次变乱都安然无恙的上官婉儿也没能幸免。婉儿先是服侍武则天，中宗即位又名义上成了中宗的妃子，被封为昭容。可叹中宗李显这一辈子，身边都是能压死他的女人，唐朝历史上几个著名女人都集中在李显身边了，他上边是妈妈武则天，旁边是媳妇韦后，下边是女儿安乐公主，身边还有一个上官婉儿，宫外有一个比亲妈妈都厉害的亲妹妹太平公主，哪个是省油的灯？哪个他惹得起？所以当皇帝也不是什么好事，中宗李显就是个例证。

这位上官昭容，有巾帼宰相之称，品评天下文士。她祖父是被武则天废黜的上官仪，很难相信一个犯官之女竟然能再次像祖父那样回到权力中心。

传说她服侍武则天时，武则天的男宠张易之看上了上官婉儿，意图调戏。这很正常，武则天称帝时都过了花甲了，婉儿正适妙龄，张易之又不是傻子，当然闲不住了。武则天大怒，吃醋了，嫌婉儿勾引自己的男宠。顺手拿个瓷器砸了婉儿一下，伤到了额头。婉儿本来已经破相，但冰雪聪明，就在额头受伤留疤处，用红笔围绕伤口画了一朵梅花。外人一看，越加动人，婉儿这个梅花妆，一下就风行天下了。

可惜这个薄命的女人，终被处死。唐隆政变里，她的魅力没能征服眼前这个年轻的王爷，睿宗李旦的儿子，武则天的孙子临江王李隆基果断地杀死了上官婉儿。后来太平公主爱惜婉儿的才华，下令收集她的作品，使得我们知道了名动一时的上官体诗歌的风貌，现摘录一首如下：

密叶因裁吐，新花逐翦舒。
攀条虽不谬，摘蕊讵知虚。
春至由来发，秋还未肯疏。
借问桃将李，相乱欲何如。
——《奉和圣制立春日侍宴内殿出翦彩花应制》

诛杀韦后和上官婉儿的政变史称唐隆政变，发动者是临江王李隆基，李隆基把老爸李旦推上了皇位，这位李旦，他作为武则天的儿子和他哥哥李显一样悲催，两度即位，又两度被废。李旦继位了，可大唐的宫闱乱局还没有结束。拥立睿宗李旦即位的两个势力，妹妹太平公主和儿子李隆基又水火不容了。

最终李隆基更胜一筹，除掉了姑姑太平公主，又把亲爹加封为太上皇，自己坐上了皇帝宝座，是为唐玄宗，也结束了大唐许多年的宫闱变乱。李隆基即位，历史翻开了崭新的一页，经过贞观、永徽、武则天三代的积累，大唐也该迎来自己的鼎盛时期了。

虽然从武则天开始，一直到玄宗，大唐的宫廷变乱层出不穷，但社会经济形势总体一路向好。无论高宗还是武后时期，社会一直走向繁荣，所以在玄宗李隆基即位后，励精图治，任用贤臣，经过几十年发展，就达到了空前盛唐时期。史称开元盛世。

王维的这首《和贾舍人早朝大明宫之作》可见大唐的鼎盛。

绛帻鸡人送晓筹，尚衣方进翠云裘。
九天阊阖开宫殿，万国衣冠拜冕旒。
日色才临仙掌动，香烟欲傍衮龙浮。
朝罢须裁五色诏，佩声归到凤池头。

"九天阊阖开宫殿，万国衣冠拜冕旒"，把各国使臣来华参拜的景象做了精确描绘，也就是从大唐开始，外国人才把中国人称为唐人。

王杨卢骆当时体——"初唐四杰"

至此,历史进入了盛唐篇章。介绍了上层的宫闱斗争,民间的诗词文化如何呢?盛唐是唐朝的鼎盛时期,但并不是说初唐的诗歌就不如盛唐,初唐的诗歌,已经为盛唐诗歌做了充足的准备。初唐诗歌,大家了解这几个人物就差不多了,即"初唐四杰"、沈佺期、宋之问、杜审言、上官仪和他的孙女上官婉儿,还有石破天惊、大开盛唐诗歌气象的陈子昂。

> 沈宋横驰翰墨场,
> 风流初不废齐梁。
> 论功若准平吴例,
> 合着黄金铸子昂。
> ——《论诗三十首·其八》

这首诗，是金代最著名的诗人元好问写的论诗绝句，也是元好问针对初唐的诗歌而做的总评。他用绝句的形式，对历代诗歌创作做了精当的点评，后代文学评论都以此为依据。

"沈宋横驰翰墨场"，说的是沈佺期、宋之问在初唐诗坛上的地位，他们二人都是宫廷御用诗人，地位崇高，所作诗歌大多是酬唱、应和的作品，思想内容没什么出奇的地方，但文采斐然，对唐诗的格律定型起到了很大的作用。所以元好问夸赞他们"横驰翰墨场"。但他们的风格，却还是南朝宋齐梁陈宫廷诗歌的风格延续，那就是华丽、奢靡、绵软的诗风。如果一直是这种南朝诗风的延续，不会产生大唐的鼎盛诗歌。是谁给大唐诗歌开创了崭新一页呢？

是陈子昂，陈子昂一扫宫廷贵族诗人的奢靡诗风，笔力雄健、苍茫，讴歌现实，直接为后边的李白之浪漫、杜甫之现实，打造了先声。所以元好问说，如果依照春秋时勾践灭吴的奖励办法来论，也应该给陈子昂打造一座金身。

当年春秋时的越王勾践为了奖励灭吴的功臣，给范蠡打造了一座金身塑像，放在御座旁，表示要天天瞻仰，永远不忘功臣。当然，熟知历史的朋友都知道，勾践能够灭吴，靠的是两大功臣——范蠡和文种。勾践曾许诺能帮他灭吴，则平分天下。勾践胜利后，范蠡辞官隐退，据说拉着被吴国人痛骂，又被越王勾践鄙视的红颜祸水西施一起浪迹天涯私奔了，成为了一代跨国资本家，号称陶朱公，富甲天下。他走得快，所以勾践非常怀念，塑了一座金身，给天下人看。

走得慢的文种，等着平分天下呢，结果被勾践送到了阴间。赐死文种时，勾践还说过一段名言："先生当年给我写了《平吴十策》，非常好，我刚用了几策就灭了吴国，现在我这没事了，先王，就是我死去的爸爸，在地下又和刚被我杀的吴王夫差打起来了，先生你辛苦一趟，带着剩下的《平吴十策》，去帮帮我爸爸。"然后，就没有然后了。

这里插叙一段吴越争霸的典故。继续说初唐。先说"初唐四杰"王、杨、卢、骆。我们先看看几位的大作。

> 城阙辅三秦，风烟望五津。
> 与君离别意，同是宦游人。
> 海内存知己，天涯若比邻。
> 无为在歧路，儿女共沾巾。
> ——王勃《送杜少府之任蜀州》

这首诗中，"海内存知己，天涯若比邻"是千古名句。王勃英年早逝，但留下了这首诗和在南昌滕王阁写的《滕王阁序》，"落霞与孤鹜齐飞，秋水共长天一色"，把秋水、长天写绝了。人们太喜欢王勃了，不愿意相信这么有才的年轻人早逝，于是编出了很多善意的传说。明代冯梦龙编了一套非常受欢迎的小说集,叫《醒世恒言》,里边就收录了王勃的故事,题目叫《马当神风送滕王阁》,故事中,把王勃落水,写成了被天神请去,这个传说寄托了人们的良好祝愿。

> 烽火照西京,心中自不平。
> 牙璋辞凤阙,铁骑绕龙城。
> 雪暗凋旗画,风多杂鼓声。
> 宁为百夫长,胜作一书生。
> ——杨炯《从军行》

杨炯,是一个文人,也从过军。男儿渴望封侯拜相建功立业,但科举之路漫长,官场晋升又论资排辈,日渐消磨。所以弃笔从戎,立身边疆,杀敌立功,一战成名就成了热血男儿的另一种追求。这就是杨炯写的名句"宁为百夫长,胜作一书生"的真实写照。书生空读万卷书,如果不能当官从政,那绝对是百无一用。可百分之九十九的书生,难以有机会从政当官,只能百无一用守着万卷诗书受穷,所以杨炯喊出了千古读书人的长叹:宁可当个小兵头,管个百十来人,也有机会施展抱负,比一个书生要有用得多啊。

> 筮仕无中秩,归耕有外臣。
> 人歌小岁酒,花舞大唐春。

草色迷三径，风光动四邻。
愿得长如此，年年物候新。
——卢照邻《元日述怀》

卢照邻，一辈子沉郁下僚，还体弱多病。但他的诗歌中，已经有了盛唐才有的雍容气象："人歌小岁酒，花舞大唐春。"花随风摆动，但舞的是大唐的春天。这种身为中国人的自豪，表现得淋漓尽致。

西陆蝉声唱，南冠客思深。
不堪玄鬓影，来对白头吟。
露重飞难进，风多响易沉。
无人信高洁，谁为表予心。
——骆宾王《在狱咏蝉》

骆宾王是"四杰"中最有名的，有名是因为他写的"鹅，鹅，鹅，曲项向天歌"已经成了幼儿园必读诗歌。骆宾王在"四杰"中当过官，不算太小，最起码是个能上朝见到皇帝的京官。但耿直清高，不适合讲究同流合污的官场，所以被诬陷下狱，在狱中写了这首诗，用蝉的高洁来自比。

"露重飞难进，风多响易沉"把蝉的遭遇形象地暗示成自己被奸臣陷害的遭遇，是非常完美的一句。后来骆宾王出狱了，等到大将徐敬业举兵讨伐武则天，要恢复李唐天下时，骆宾王果断地投到徐敬业麾下，为徐敬业起草了著名的《讨武檄文》：

伪临朝武氏者，性非和顺，地实寒微。昔充太宗下陈，曾以更衣入侍。洎乎晚节，秽乱春宫。潜隐先帝之私，阴图后房之嬖。（这一段说武则天嫁给父子两代皇帝，起家于乱伦，然后淫乱后宫。）

入门见嫉，蛾眉不肯让人；掩袖工谗，狐媚偏能惑主。

践元后于翚翟，陷吾君于聚麀。（这一句说武则天害死了高中的正宫皇后，让皇帝处于乱伦的境地，这是事实，高宗李治娶的是他爸爸太宗李世民的女人，没冤枉她。）

加以虺蜴为心，豺狼成性，近狎邪僻，残害忠良，杀姊屠兄，弑君鸩母。人神之所同嫉，天地之所不容。（这几句是介绍武则天残害兄弟姐妹豺狼成性，残害忠良。）

犹复包藏祸心，窥窃神器。君之爱子，幽之于别宫；贼之宗盟，委之以重任。呜呼！霍子孟之不作，朱虚侯之已亡。燕啄皇孙，知汉祚之将尽；龙漦帝后，识夏庭之遽衰。（这几句说武则天豺狼成性淫乱后宫也就算了，还想当皇帝，这话虽骂得难听，但没冤枉武则天，她就是想当皇帝，害了王皇后，还敢对亲儿子下手。）

敬业皇唐旧臣，公侯冢子。奉先君之成业，荷本朝之厚恩。宋微子之兴悲，良有以也；袁君山之流涕，岂徒然哉！是用气愤风云，志安社稷。因天下之失望，顺宇内之推心，爰举义旗，以清妖孽。南连百越，北尽三河，铁骑成群，玉轴相接。海陵红粟，仓储之积靡穷；江浦黄旗，匡复之功何远？班声动而北风起，剑气冲而南斗平。喑呜则山岳崩颓，叱咤则风云变色。以此制敌，何敌不摧；以此图功，何功不克！（这一部分，全力渲染徐敬业的英明神武。徐敬业是大唐开国功臣徐茂公的孙子，徐茂公又名李勣，封英国公。徐敬业世袭公爵，不满武则天乱政，发动军事叛乱。可惜他的志向很好但才能比他爷爷差太多，叛乱很快被镇压。这要是徐茂公来领导这次叛乱，武则天就危险了，所以说决定历史进程的决定因素归根结底还是人才。）

公等或家传汉爵，或地协周亲，或膺重寄于爪牙，或受顾命于宣室。言犹在耳，忠岂忘心？一抔之土未干，六尺之孤何托？

倘能转祸为福，送往事居，共立勤王之勋，无废旧君之命，凡诸爵赏，同指山河。（古代皇帝给功臣封侯时，都会对天发誓：使河如带，泰山若厉，国以永宁，爰及苗裔。这四句是说，诸侯国世代忠于皇恩，就算黄河变成衣带，泰山变成磨刀石，我们诸侯也不造反，皇帝您也要让我们世代享受荣光。）

若其眷恋穷城，徘徊歧路，坐昧先几之兆，必贻后至之诛。

请看今日之域中，竟是谁家之天下！移檄州郡，咸使知闻。（这一部分号召天下立刻和武则天划清界限，赶紧投靠徐敬业，非常有煽动性和号召力。）

这篇檄文，从武则天先跟李世民、后跟李治这个最说不清的乱伦事件骂起，把武则天暗害王皇后、毒害亲儿子等祸行添油加醋地用排比及对偶的手法渲染出来，押着韵，读之使人群情激奋。然后第二段大肆渲染徐敬业的丰功伟绩，第三段，写出了"请看今日之域中，竟是谁家之天下"的千古一问。这篇檄文传遍天下，武则天看了后爱不释手，不断叹息，叹息骆宾王这么高的文采，怎么就不能为我所用呢？

当然，历史是无情的，不以文采论输赢。徐敬业的军事叛乱很快被武则天镇压，徐敬业兵败自杀。骆宾王下落不明，据说遁入空门了。武则天并没有深追骆宾王的下落，一代奇才就这么消逝在历史长河中，有生年，无卒年，成为一件悬案。

文采风流天下扬
——沈佺期、宋之问

  武则天统治前后,沈佺期、宋之问、上官仪和上官婉儿都有诗歌流传,尤其是沈佺期和宋之问有一次在宫中对诗,都写一个题目,押同一个韵,比赛看谁写得好。谁是评委呢?就是上官婉儿。最著名的一次对诗就是写昆明池应制,应制就是奉皇命而写,显得作者和诗都很高大上。两首诗都录在下面:

    法驾乘春转,神池象汉回。
    双星移旧石,孤月隐残灰。
    战鹢逢时去,恩鱼望幸来。
    山花缇绮绕,堤柳幔城开。
    思逸横汾唱,欢留宴镐杯。

微臣雕朽质，羞睹豫章材。

——沈佺期《奉和晦日幸昆明池应制》

春豫灵池会，沧波帐殿开。
舟凌石鲸度，槎拂斗牛回。
节晦蓂全落，春迟柳暗催。
象溟看浴景，烧劫辨沉灰。
镐饮周文乐，汾歌汉武才。
不愁明月尽，自有夜珠来。

——宋之问《奉和晦日幸昆明池应制》

最后，上官婉儿判定宋之问技高一筹，就在最后一句"不愁明月尽，自有夜珠来"，词气和文采饱满，比沈佺期那句"微臣雕朽质，羞睹豫章材"要好。沈宋二人称霸诗坛不分上下，但婉儿一评之后，从此宋之问永远排在了沈佺期前面。

历史人物的褒贬本来都是两面性的，我们后世品评尽量取一个中庸之论，但宋之问的评价完全一边倒，没有中道可走，他品性不佳，历史早有定评。比如为抢一句诗杀了亲外甥刘希夷，为升官就举报朋友全家，等等。

再看看上官仪和上官婉儿这对祖孙，他们的诗歌被称为上官体，格律精准，辞藻华丽，带动了一个时代的诗风。

玉关春色晚,金河路几千。
琴悲桂条上,笛怨柳花前。
雾掩临妆月,风惊入鬓蝉。
缄书待还使,泪尽白云天。
——上官仪《王昭君》

叶下洞庭初,思君万里余。
露浓香被冷,月落锦屏虚。
欲奏江南曲,贪封蓟北书。
书中无别意,惟怅久离居。
——上官婉儿《彩书怨》

盛唐华章

一代女皇的石榴裙——武媚娘

看朱成碧思纷纷，

憔悴支离为忆君。

不信比来长下泪，

开箱验取石榴裙。

——武媚娘《如意娘》

这是中国历史上最有名的女皇武则天年轻时写的一首缠绵悱恻又寄予了无限希望的诗。我之所以把作者写成武媚娘，是因为写此诗时，她还不是横绝一世的武则天，她只是一个被抛弃的可怜无助的武媚娘。

武则天是山西文水人，出身于官僚家庭。所以十四岁时，她有机会被唐太宗选为才人,从而进入了后宫,开始了权力之路。才人是嫔妃的一种等级,武则天因为容貌艳丽,被赐名"媚",封五品才人。

那时的唐太宗已是暮年,所以武则天对自己这段才人生活应该不会有什么温馨的回忆,晚年的武氏曾经偶然讲起自己为太宗驯马的一段轶事。

当时,太宗有名马——狮子骢,桀骜不驯,驯马师都驾驭不了。武氏侍候在侧,对太宗说:"妾能制之,然须三物:一铁鞭,二铁楇,三匕首。"

太宗惊奇,问为什么要此三物。

武则天从容言道:"铁鞭击之不服,则以铁楇楇其首,又不服,则以匕首断其喉。"太宗及左右莫不大惊。说来也怪,西域名马狮子骢好像听懂了武则天的三段论,等武则天刚一举起铁鞭,就已然驯服,这成了武则天的第一个名垂青史的"政绩"。但这个政绩并未给踌躇满志的武则天带来太多实惠,贞观二十三年(649),著名的贞观之治画上了句号,太宗李世民病逝。

依唐律,做过先皇嫔妃又无子嗣的,都要遣送、出家。武则天被发配到感业寺,成了一名女尼。这是武则天一生的低谷。晚年的武后笃信佛教,但此时的媚娘对无边的佛法显然还不够虔诚。生为权势而来的她不甘守着青灯黄卷度此一生。于是在一个个寂寥无人之夜,在备受冷落的感业寺高墙之下，武则天写下了这首诗。与一般诗人借诗歌遣怀不同，她这首诗除了遣怀之外，还背负有明确的期望，那就是借此诗打动已经荣登大宝的唐高宗，让高宗李治通过此诗回忆起那个曾与做太子时的自己有过露水姻缘的武才人。

"看朱成碧思纷纷"，朱是红，碧是绿。看朱成碧，泪眼模糊。为什么？"憔悴支离为忆君。"我眼睛都哭得模糊了，全是因为你李治啊！

相信仅这两句就足以打动原本多情又优柔寡断的李治了。媚娘继续写道："不信比来长下泪，开箱验取石榴裙。"

一句"石榴裙"，已经把高宗拉回到青葱的太子时代，身为太子的李治，和父皇的才人媚娘有过一段不伦之恋。只不过在有着格外开放胸襟的大唐，这都不是事儿。这首《如意娘》辗转传进皇宫后，唐高宗下定决心迎媚娘回宫，于是媚娘又成了李治的嫔妃。

而此时唐高宗李治身边佳丽成群。这里补充个知识点，皇帝都有个庙号，对自己一生是个概括，开国的称祖，后续的依次称宗。所以唐朝李渊能叫高祖，后边的都叫某宗。皇帝的庙号都由下一任君主找大臣商量结合前代君主一生的政绩功过来评定，礼部那些文人大学士们就是干这个的，看一个皇帝的庙号就能看出来他一生的功过是非。好折腾胡闹的给称个武宗，不扰民的称个文宗，不靠谱瞎搞的称个僖宗、神宗的，点背死得快的被称个哀宗，等等，庙号都是这样给的。李治的庙号能有一个高字，确实证明他治国还是靠谱且有建树的。李治的后宫萧淑妃、王皇后，都是品行端庄的深宫贵妇，媚娘若要登天，这二人就是障碍。

于是武媚娘开始了一步步、一环环的后宫血拼。不像《甄嬛传》那样的虚构，完全是真实的宫斗，比《甄嬛传》惨烈一千倍。武媚娘除掉了萧淑妃，又罢黜了王皇后，自己荣登后宫至尊——皇后宝座。所以有个电视剧称武则天是至尊红颜非常贴切。一般女人干到后宫至尊的皇后就不再有追求了，已经到顶了，还想什么呢？但这位至尊红颜又非常干脆地剪除了影响自己进一步登天的一代权臣长孙无忌。长孙无忌位列凌烟阁功臣之首，是太宗李世民的贫贱之交，早早就辅佐了这位太原公子，在玄武门拼着性命把李世民送上了唐太宗的宝座，此后大权独揽，成了傲视中国的一代权臣。在太宗病重期间，长孙无忌又接受太宗托孤，辅佐李治登基继位。就是这样一位三朝老臣，历经血雨腥风杀人无数的长孙无忌，轻轻松松就被武则天杀了，干净利索，不留后患。武则天专权之路上，长孙无忌、上官仪等宰相早就洞见了武则天的可怕，数次要罢黜武后，然而数次被武后化险为夷。不是长孙无忌和上官仪他们不厉害，实在是至尊红颜太厉害。

然后，皇后武则天就和皇上李治并称"二圣"了，皇后替体弱多病又无甚决断的唐高宗处理朝政，把皇权也攥在了自己手里。这就是这位至尊红颜的登天梦想,她不但要登天,还要取代天,还要自己成为天。

女皇的儿子不好当——李贤

武则天是一个注定要名垂青史的女人。替皇帝理政的"二圣"时期,剪除完各种障碍后的武后又把自己的几个亲生儿子当作了障碍。她不断使阴谋诡计玩弄自己的儿子于股掌之上,就因为儿子们在法律上可以继承李治的皇位。武则天先废掉第一任合法太子李忠,又毒死第二任合法太子李弘,又立李贤为第三任太子。

一时间"太子"成了大唐最高危的职业。李贤就是著名的"章怀太子",他死后,武则天给了他个谥号就是"章怀太子",以表达母亲对儿子的怀念之情。章怀太子从小深受儒家文化熏陶,知书达理,其对《后汉书》的注释,成为后世研究东汉历史的宝藏。

就是这样一个温文尔雅的太子却承受着武后带来的极端

压力与痛苦,特别是两任哥哥当太子不得好死的悲惨经历,让李贤的痛苦难以言说。凭借诗歌向母后提出自己的一点希望,就成了李贤唯一的呐喊渠道。在身处逆境中用诗歌向至尊委婉提出自己的呐喊,可以说李贤得到了母亲的真传。只不过李贤这首《黄台瓜辞》流传出去后,没有收到武后那首《如意娘》一般的良好效果。

种瓜黄台下,
瓜熟子离离。
一摘使瓜好,
再摘令瓜稀。
三摘犹尚可,
四摘抱蔓归。
——李贤《黄台瓜辞》

这首饱含母子亲情的诗歌,传达着被死亡恐惧终日笼罩的李贤的真挚心声,也含有大唐太子对母后残害亲子、骨肉相残的铮铮劝谏。瓜熟了,子也有了,摘了一个还有俩,摘了两个还有一个,你要是还接着摘,那可就只剩下瓜蔓了。母亲啊,再摘你就没孩子了,别摘了。就是这样一首哀丝嚎竹般的《黄台瓜辞》,李贤让乐工演奏,终日演唱,以抒发胸中苦闷。这首诗歌本来应该打动母后,成为千古佳话的,前提是武则天是一般母亲。可历史很不幸地证明武则天不是一般女性，她是一代女皇。

听到这首诗后，不知武后做何感想，更不知李贤的满腔深情能否打动这位母亲。历史留给我们的冷冰冰的记载是，武则天听到《黄台之瓜》后大怒，说李贤阴谋不轨。李贤被流放巴州，接着被逼自尽。闻听李贤死讯后，武后在洛阳为他举哀，葬礼上也曾失声痛哭。

公元705年，已经当了多年大周皇帝的武则天改年号为神龙元年，不知道她这么做的目的是什么，反正年号的改变往往预示着大变动的开始。此年正月，武则天病重，以张柬之为首的心念李唐的大臣们抓住时机，联合御林军，发动了政变，杀死了武则天的男宠张易之、张昌宗兄弟，拥戴时为太子的李显即唐中宗复位，废除了武周年号，恢复了李唐神器。武则天同年病逝，遗诏立无字墓碑，一生功过，不加一言，任后人评说。

历史上往往不把武则天建立的"武周"一段时期从唐朝历史割裂开来，其实这样做有失公允。真正终结了唐朝的，不是五代时的朱温，而是初唐的武则天。从武则天建立大周，正式称帝的武周天寿元年（690）开始，唐朝就已经宣告结束了。只不过，武则天终究是李家的女人，她改元称帝后也仍然立李家的儿子李旦为皇嗣。她死后，李显又恢复了李唐年号，所以很多人依然愿意把武则天时期当作唐朝的一段插曲。

不管怎么说，因为一首诗，武则天在逆境中获得了咸鱼翻身的机会。又因为一首诗，章怀太子失去了本就脆弱的生命。生死一条路，母子两首诗。同样的时代，同样是诗歌，这就是命运的嘲弄，谁能看透呢？

全唐第一炒作大师——陈子昂

陈子昂（661—702），字伯玉，梓州射洪（今属四川）人。当过右拾遗，相当于中央政府办公厅的小科长，后世称陈拾遗。

四川，古称蜀地，历来人杰地灵。自三国时刘备在蜀中称帝，四川就多了一股英雄之气。唐代许多大诗人，薛涛、李白、陈子昂都出身四川。

按时间先后，首推陈子昂。陈子昂自小读书，志向远大。古人的志向其实只有一个，那就是读书做官。今天的年轻人面临多种选择，鼓励自主创业，当老板也是成功的表现。而在唐代，没有人立志经商，如果一个唐朝年轻人跟他爸爸说"我要做生意"，估计会被打死。因为我国古代，没有资本主义思潮，虽然商业活动频繁，但始终是不入流的贱业。正业就是读书做官。古代流行一首白话歌，说的就是读书的重要性。

> 朝为田舍郎，暮登天子堂。
> 将相本无种，男儿当自强。
> 学乃身之宝，儒为席上珍。
> 君看为宰相，必用读书人。

北宋真宗赵恒，曾经亲自写了一首《劝学诗》，告诫天下人要多读书，多读书就有机会做官，实现大志。

> 富家不用买良田，书中自有千钟粟。
> 安居不用架高堂，书中自有黄金屋。
> 出门无车毋须恨，书中有马多如簇。
> 娶妻无媒毋须恨，书中有女颜如玉。
> 男儿欲遂平生志，勤向窗前读六经。

皇帝都来亲自劝学，足见当时的社会潮流是多么的重视读书。陈子昂从小饱读诗书，当然怀揣梦想要立身朝堂。所以他要进京参加科举。而在唐代，科举考试刚刚确立不久，在考试的严密性和公正性方面都存在一定的瑕疵。在唐代科举，要想高中，除了文章写得好之外，最好的录取条件就是知名度。如果本场科举中有一个名人来应考,那普通人被录取的几率就不大了。所以智商极高的陈子昂进京后并没有马上参加考试,他在等机会,他需要出名。而陈子昂那个年代,没有微博、微信等新媒体,不能发朋友圈自我炒作,要出名比较困难。怎么办呢？

古语有云：闹里有钱,静处安身。陈子昂终日去长安城里最繁华的商业区转悠,终于抓住了一个千载难逢的机会。

某日,闹市里来了一个卖东西的商人。这个商人来自西域。大唐的长安,那是国际化大都市,东西方交流程度远胜同时代的罗马城。那时的长安,有西方的罗马人、中东的阿拉伯人,还有东边的朝鲜人和日本人、北边的蒙古人、南边的东南亚人。总之,长安城里来几个外国人,不算新鲜事。这个西域商人也很会炒作自己的商品,上来就占据一块好铺面,放开嗓子大声吆喝："来来来,我这里有西域古琴一把,必须大唐最懂音律的高手来买,且价值连城,不出千金,绝不出手！"如此吆喝了半天,吸引了无数人围观。群体的好奇性,是广告策划的重要媒介。西域商人利用了老百姓的好奇心理,把自己的商品炒作成了必须是大唐最懂音律的人,且要出千金来买的特殊宝物。先吊起群体的胃口,至于买主,自然会来。

就在这位商人大肆炒作以图牟利的时候,陈子昂也赫然发现商机。果然,陈子昂分开人群,大喝一声："都不要吵！

这琴我买了！"一霎时，人群寂然无语。千金买一把琴，太不可思议了。可陈子昂没有犹豫，一掷千金和老板买卖成功。然后，子昂大声宣布："明日，在长安最大的酒楼，我摆酒，请大家去看我这个精通音律又肯一掷千金的人去现场表演琴技！"人群又沸腾了。人们的好奇心被调动到了最高程度，大家一传十、十传百，都等着在明日目睹陈子昂这位奇人的精彩琴技。

陈子昂第一步炒作圆满成功，他成功吸引来了许多观众，观众中不乏达官贵人。第二天，在大酒楼楼下，成千上万的观众把酒楼围了个水泄不通。大家仰头观望，二楼平台上，陈子昂抱着那把千金好琴出来了。陈子昂微微一笑，说道："安静。"瞬间场下鸦雀无声，大家都等着听天下第一的琴音呢。这时陈子昂抡起这把千金买来的古琴，冲着栏杆一把甩去，咔嚓几声，古琴断为三截。人们都惊呆了，不知所措地看着陈子昂。陈子昂这时高声朗诵道："我是四川人陈子昂，有文章百卷，却不为人知。这破琴是贱工所为，哪能留心？"然后拿出自己的诗文集子，遍发现场观众。大家拿到陈子昂的诗文，纷纷赞叹，更为陈子昂的超凡脱俗之举所震惊。观众中有一位京兆司功叫王适，拿着陈子昂的稿子，惊叹曰："此人必为海内文宗矣！""海内文宗"的说法不胫而走，陈子昂从一个无名小卒，自导自演了千金买琴、摔琴、散发文章这三场戏剧，就名震京城，成了达官贵人热烈追捧的偶像。陈子昂的诗文确实有文采,加上炒作出的虚名,陈子昂完成了华丽转身,直接达到了未当官先出名的境界。此后不久,陈子昂就高中进士,时年24岁。

步入仕途的陈子昂,起初当麟台正字,这是个言官,就是可以向上级反映问题的小官。历代官场讲究的是"多磕头、少说话"的滑头哲学,但陈子昂以直言敢谏著称。当时唐高宗李治刚死,武则天当政,陈子昂就不顾官职低微给武则天上书,对李治的陵寝安葬问题发表不同看法,深得武则天赏识。武则天的政治品格是很高的,在武则天当政时,她身边自然不乏溜须拍马的小人,如武三思、张昌宗、张易之等辈,但也重用了狄仁杰、张柬之、娄师德等名相,都是直言敢谏的,并不需要溜须武则天,你真能干事,顶撞我几句都无所谓。这就是武则天的政治品格,还是很高大上的。

武则天把陈子昂升成了右拾遗,虽然品级仍然不高,但已经是名正言顺的言官了。言官就类似于今天的议会议员,专门负责提意见,匡正政府的过失。但当言官需要勇气,总当不得罪人的老好人是干不好言官的。武则天根据陈子昂的特性让他当了右拾遗,确实有识人之明。

后来,万岁通天元年(696),契丹族长李尽忠、孙万荣叛乱,武则天派亲戚建安王武攸宜出征,陈子昂以右拾遗任随军参谋。唐代文人流行随军,岑参、王维都曾随军,这也是文人建功立业的一个机会。著名的边塞诗人高适就是文人随军,后来成长为军事统帅,历任地方节度使,最后还封了渤海侯。所以陈子昂当这个随军参谋是为了建功立业的。但单纯想建功立业的陈子昂和不那么单纯的武则天的亲戚建安王武攸宜之间就有了矛盾。武攸宜的指挥非常一般,前锋被敌人所败。陈子昂慷慨陈词,大谈自己认为的正确方略。谈了几次,武攸宜就厌烦陈子昂了,不但不许他再说话,还贬为军曹,等于让他去喂马。

陈子昂看着大军连战连败,主帅无能,自己的正确建议得不到采纳,就登上了古代燕国故地的幽州台,慷慨悲吟,写下了《登幽州台歌》：

前不见古人,
后不见来者。
念天地之悠悠,
独怆然而涕下。

幽州台是战国时燕国最伟大的君主燕昭王筑起的一座高台。燕昭王即位后,励精图治,广揽贤才。为了表示招贤纳士的诚意,在今天北京大兴一带筑起了一座幽州台,台子上堆满如山的黄金,只要有人才来投靠,即请上高台,加官晋爵,赏赐黄金。这个招贤台又叫黄金台。

"诗鬼"李贺有个名句叫"报君黄金台上意,提携玉龙为君死",就是表达了后代人才对于肯重用自己的君主的期待,只要你像昭王那样求贤若渴,肯让我上黄金台,那我就士为知己者死。这就是古代士人的价值观,对于值得自己追随的君主,一定会尽心尽力。但也期待君主能尊重人才,像昭王那样筑起黄金台。

燕昭王筑起黄金台后,贤才汇聚。最大的收获是招来了乐毅这位威震战国的战神。正不得志的乐毅来到燕国,燕昭王没有让他失望,立刻登坛拜将,委以重任,别说黄金了,把燕国的军权都交给了乐毅。乐毅也不负重托,带着大军屡战屡胜,直接把威胁燕国多年的大敌齐国打得落花流水。最后占领了齐国百分之九十的国土,差一点儿就吞了齐国。乐毅的一代战功,那是燕昭王的高度信任带来的。燕昭王肯用黄金台来招揽乐毅,乐毅就用肝脑涂地来报答。这是君主和贤臣最好的良性互动。占领齐国百分之九十的地盘后,只有临淄一城,齐国人还在死守。乐毅布下大军,扎稳营寨,拿下临淄,只是时间问题。可历史就是这么充满偶然。燕昭王这位伟大的君主在乐毅就要灭掉齐国的时候,去世了。他一死,太子继位。君主的转换,看似和前线无关,其实大有关联。燕国君主的更迭,让奄奄一息的齐国看到了希望。齐国放出间谍,说乐毅不服新燕王,要谋反。

这话尽管没有任何证据,但新任国君都是宁可信其有,不可信其无。他爸爸燕昭王和乐毅的生死情谊,他不具备。

他爸爸把全国几十万大军的军权都交给乐毅的胆魄和驾驭能力，他这位年轻的国君也不具备。他能做的就是宁可不灭掉齐国，也不能让乐毅再带兵；宁可相信敌人的间谍，也不能再相信为燕国出生入死的乐毅。于是他果断剥夺了乐毅的兵权。

被押回燕国的一代战神，可能和后来的岳飞有相同的感受。燕昭王用黄金台招来了乐毅，燕昭王的儿子用囚车押走了乐毅。他用囚车押走了乐毅，觉得保住了自己的王权，但牺牲的不仅是乐毅，还有燕国的命运。齐国大胆起用田单领导临淄人民做最后的抵抗。趁着燕国临阵换将的混乱，田单带着着了火的火牛，冲进了燕国大营。燕国一战惨败，齐国不但解了即墨之围，还一举收复了被燕昭王和乐毅攻占的国土，从此之后，燕国再无能力与齐国争霸。齐国人没有能力打败战神乐毅，但燕国人有这个能力，燕国新君主，替齐国干掉了战神，也替自己挖开了坟墓。

生花妙笔，救人救己
——王维

（一）

> 莫以今时宠，
> 难忘旧日恩。
> 看花满眼泪，
> 不共楚王言。
>
> ——王维《息夫人》

武则天时代之后，大唐就是鼎盛的盛唐，盛唐诗人中李白、杜甫、王维并称。李白、杜甫名头更大，我们先说王维。开头那四句诗就是王维替一个被侮辱和被损害的底层妇女所写,他这首诗不但解救了这个妇女,还成就了一段佳话。

在古代,皇帝绝对是天下地位至高无上的人,那和皇帝有兄弟关系的王爷自然是仅次于皇帝的人了。在唐代王爵分为两种,一种是亲王,一种是郡王,都是皇亲。封为王爵的人,不必当官任事,却有无上权威。只要不参与政变,基本是代代尊荣,世袭罔替。

李宪是唐玄宗李隆基的哥哥,被封为宁王,自然权势熏天。这位王爷不管具体事,就喜欢在都城闲逛。某日闲逛中,王爷停下了他高贵的脚步。他面前有个小贩正在卖饼。王爷倒不是想吃饼了,主要是这位卖饼人不是一个人在卖,他身旁还有一位倾国倾城的妻子和他一起卖饼。

不久,这位卖饼的小贩收到一笔巨款,条件是把妻子送入王府。小贩夫妻虽有感情,但奈何不得宁王的权势,就这么生离了。

宁王得到美人后,十分欢喜,对这位美人极尽荣宠。时间就这样流逝着,大家都以为嫌贫爱富是人们的本性,能进王府肯定比跟着卖饼小贩强得多。

某日,宁王家宴,请了不少文人雅士来赴宴。其间,人们谈兴正浓,忽然不知谁要吃烧饼,管事的就传召叫个卖饼的进来。

卖饼的进来送饼,放下担子抬眼一看,宁王身边的美姬正直勾勾地看着自己。他本不敢多看这位身着盛服的美人,但一看之下，也不禁泪流满面。这就是自己昔日的妻子，只不过在王府已经出落得越发明艳动人了。美人和卖饼者分别后，再次重逢，只不过一个还是小贩，一个已入王府，成了王爷的宠妾。双方心里无限波澜，却不能说话，最终相顾无言，唯有泪千行。

小商贩哭，美姬也哭，满座一时震惊。酒宴进行不下去了，宁王当然知道前因后果，也感慨无限，这位风雅的王爷为了缓解尴尬就命在座的文人学士，赋诗一首，评论这个插曲。在座文人面面相觑，大家都对宁王强娶人妻的事情有所耳闻，但又不方便议论。一时无人动笔。但在座的有一位文人站起来欣然提笔，作了一篇五言绝句，这位谈笑风生欣然命笔的文人就是王维，写下的就是开篇的那首诗。

前两句用了春秋时期著名的美女息夫人的典故。息夫人是历史上值得一提的女性。她本是小国息国的国君夫人，美艳天下。邻国蔡国国君蔡侯曾公开调戏她，她告诉了丈夫，息国国君就想找蔡侯报仇，但息国国小力微，只能靠别国来报仇。于是息侯挑动楚王出兵灭蔡。蔡国被灭后，蔡侯也不甘失败，就向楚王极力渲染息夫人如何美貌。好色的楚王又顺手灭了息国，抢了息夫人。息侯被贬为守城小卒，息夫人成了楚王宠妃。

息夫人成为楚王妃后，终日沉默不语，发誓不与楚王说话。尽管后来她为楚王生了两个儿子，其中一个就是后来威震天下的楚成王，但息夫人始终不和楚王言语。沉默就成了一个被裹挟于男权社会中，无力反抗的烈性女子的最后一点尊严了。有传说息夫人后来见到了看守城门的前夫息侯，二人生离死别一番，双双殉情。楚王感动不已，以侯爵国君之礼厚葬了息侯。息夫人也被尊为"桃花夫人"，至今河南信阳的息县和武汉黄陂区都立有桃花夫人庙，香火不断。

还有两首专门讲述息夫人故事的诗：

细腰宫里露桃新，脉脉无言度几春。
至竟息亡缘底事？可怜金谷坠楼人。
——杜牧《题桃花夫人庙》

息亡身入楚王家，回首春风一面花。
感旧不言长掩泪，只应翻恨有容华。
——胡曾《咏史诗·息城》

从历史的尘埃中回来，王维这里用息夫人的典故，映衬这位见前夫而泪下的宁王美人，实在是贴切。

"莫以今时宠，能忘旧日恩。"这就是说今日再怎么荣宠，旧情始终不能忘却。全诗对息夫人高度评价，又句句映射卖饼人妻。整首诗都知道说的是什么，却又不伤宁王体面。宁王阅后，咏叹不已。结局是放还美人，与卖饼人团聚。王维一首绝句终成一段盛唐佳话，我们也在为那位权势熏天的宁王点赞，这样高素质的王爷不多。

（二）

> 万户伤心生野烟，
> 百官何日再朝天？
> 秋槐落叶空宫里，
> 凝碧池头奏管弦。
> ——王维《菩提寺私成口号》

大唐的历史，分为四个阶段，即初唐、盛唐、中唐和晚唐。其中初唐是李渊起兵、太宗贞观之治和武后时期。盛唐就是由武后发展而来的玄宗的开元盛世。中唐已经显现出藩镇割据、尾大不掉、宦官当朝等败象了。而晚唐基本就是大唐的挽歌了。这其中初唐、盛唐是向上走的，中唐和晚唐是下坡路。那其中的转折点是什么呢？相信很多朋友都能说出来。不错，就是著名的"安史之乱"。安史之乱史称唐朝由盛转衰的转折点。

何为安史之乱？安即安禄山，史即史思明。此二人策动了一场席卷全国的兵变，从河北塞外率领叛军直取长安，攻陷了首都。唐玄宗仓皇出逃，走到马嵬坡遭遇禁军哗变，还逼死了自己深爱的女人杨贵妃。白居易一曲《长恨歌》唱哭了多少痴男怨女。《长恨歌》的故事咱们下次专门分解，这次单道王维。安禄山叛军攻占长安、洛阳后，为了快速稳定自己的伪政权，就把俘虏的大批来不及逃跑的唐朝官员加以快速任命。一方面是为了稳定政局，一方面也向天下宣示，唐朝的山河已经破碎。这被任命的俘虏官员中就有王维。

《旧唐书·王维传》记载：安禄山对王维是仰慕已久。"禄山素怜之。"于是王维这个伪官是当定了。"诗圣"杜甫当时也被俘虏了，然而他的官职品级太低，又没有名气，安禄山不但没有给杜甫任命职务，还嫌他官职低微留着浪费粮食，干脆给放了，杜甫才能九死一生跑到甘肃朝见唐肃宗。所以从政治上来说，杜甫比王维清白多了，但老杜一生穷苦潦倒，偶尔当个小官还很快被罢免，到死才挂了个工部员外郎的虚衔，还是检校工部员外郎。官职前面加个检校，就是虚的，不是实际的。所以杜甫是领不到公务员工资的，他最后"亲朋无一字，老病有孤舟"，茅屋都能被秋风所破，"床头屋漏无干处，雨脚如麻未断绝"。杜甫一生忠于朝廷，但可惜没享受到朝廷的待遇，这和当过安禄山伪官的王维境遇大不一样。

王维既不愿跟叛贼合作，一个书生又无力逃脱，就在菩提寺过着软禁生活。有一天，他的草根好友秀才裴迪冒死来看他,跟他讲了东都洛阳著名的皇家园林凝碧池旁,刚刚发生的一幕人间惨剧。

安禄山大宴凝碧池,把唐朝的皇室珍宝罗列在池头,让俘虏的宫廷乐师列队奏乐,这是在尽情享受胜利的快感。可他没想到,向来不被人们高看的乐师们,竟然有着极其忠烈的报国之心。号称"琵琶第一高手"的皇家乐手雷海青,就在安禄山面前怒摔琵琶,誓死不为贼人演奏。安禄山兽性大发,派大兵骑马车裂了雷海清,"琵琶第一高手"死得极为惨烈。

王维听罢,泪如泉涌,脱口而出四句诗。这四句诗不能写,那是会死人的,全靠口传。裴迪出去后,把王维悼念雷海清的四句诗传遍全国。那时候没有微博、自媒体,就靠口耳相传竟然传到了远在宁夏的灵武县,刚刚取代老爹唐玄宗的唐肃宗那里。

肃宗听罢感动不已。两年后,唐军收复长安、洛阳,肃宗重回凝碧池,问道:"作'百官何日再朝天'的王维何在?"

宦官小心答道:"王维做过安史伪官,现依律囚禁,等候发落。"

天子无言。

肃宗回銮后,为了惩治不忠于故国的墙头草,下严令:凡做过安禄山伪官的一律重办。按王维担任的伪官职,够砍头的了。所以天子也沉默了。沉默中,他反复吟诵着王维的四句诗。

"万户伤心生野烟,百官何日再朝天?"万户都在伤心,为什么?朝廷败了,天子走了,心念故国能不伤心吗?这句诗要是让安禄山看到,王维当时就会死。"秋槐落叶空宫里"秋槐叶落,落在了空空荡荡的宫廷里。怎么会空荡呢?安禄山没有入住吗?哦,这是王维根本就没把安史之流当成宫中的主人啊。"凝碧池头奏管弦",管弦还是管弦吗?英勇的雷海青摔碎了琵琶宁死不弹,谁给安禄山奏管弦呢?王维能冒死说出这四句诗,就是个忠臣啊。

圣旨下,天恩浩荡:王维不予追究,降职留任。此后的王维官运亨通,累迁至尚书右丞。只是经历过此一劫的王维,早看破了功名利禄,一心向佛。官越大心越静,做到了大隐隐于朝。写出了"行到水穷处,坐看云起时"等禅味高绝的名句,自号辋川居士,于空山新雨中静候落晖,寄情山水,大隐于朝,成一代宗师,史称"诗佛"。

山水田园是我心——孟浩然

孟浩然，盛唐大诗人，山水田园派的至尊。和王维并称"王孟"。但王维写山水田园始终占着高官厚禄，孟浩然一生布衣，浪迹江湖，是彻底的山水田园。孟浩然，湖北襄阳人，所以人称孟襄阳。襄阳就在今天的湖北襄樊市。襄阳和樊城两处，历来都是互为倚靠，所以合并成了襄樊。孟浩然的诗中，经常提到家乡。

木落雁南度，北风江上寒。

我家襄水曲，遥隔楚云端。

乡泪客中尽，孤帆天际看。

迷津欲有问，平海夕漫漫。

——《早寒有怀》

襄水曲就是襄阳一带，孟浩然生长的地方。

孟浩然早年就在襄阳的鹿门山隐居，鹿门山山水秀丽，是历代隐士隐居的佳处，东汉末的著名隐士庞德公就在此隐居，躬耕于南阳的诸葛亮极为崇拜庞德公，曾多次到鹿门山求教。庞德公给了诸葛亮一个绰号叫"卧龙"，给了自己的侄子庞统一个绰号叫"凤雏"，从此卧龙、凤雏名扬天下。

汉末有很多隐居深山的名士，大部分并不是真隐，而是把隐居当作提高名誉、地位的捷径，越隐居越容易受到高官和朝廷的青睐，容易获得特招直接当官。朝廷的特招来了后，还可以拒绝朝廷的征召，这样朝廷往往会拿个更大的职位来再次征召，所以隐居养望就成了很多名士的升官捷径。但另一部分隐士，就不是借用隐居来升官的，而是真的要远离俗世喧嚣，回归自身的宁静。像陶渊明一样，这是真隐士，庞德公也是真隐士。割据荆襄九郡刘表亲自来征召，庞德公给刘表上了一课。刘表指着庞德公的孩子说："先生你自己隐居不出来做官，有了名声，可你能给子孙后代留下什么呢？"庞德公很平静地说："世人争着当官只会给子孙以危险，我却给子孙留了个安居乐业。"刘表叹息不已。

山寺钟鸣昼已昏，渔梁渡头争渡喧。
人随沙岸向江村，余亦乘舟归鹿门。
鹿门月照开烟树，忽到庞公栖隐处。

岩扉松径长寂寥，惟有幽人自来去。

——《夜归鹿门歌》

这首诗是孟浩然的名作，诗中把鹿门山的形胜和清幽还有对隐士庞德公的追慕娓娓道来。渔梁渡头就是当年庞德公常年劳作的地方，庞德公终身不进城市，拒绝诸侯征召，自食其力，和妻子耕田读书，晚年进山采药，不知所终。庞德公大部分时间就在襄阳沔水的鱼梁洲生活。《水经注·沔水》中记载：襄阳城东沔水中有鱼梁洲，庞德公所居。孟浩然也从鱼梁渡口渡船，所以叫"余亦乘舟归鹿门。鹿门月照开烟树，忽到庞公栖隐处"。走着走着就到了当年庞德公隐居的地方，这不是旅游考察，而是怀古，怀念真正的高人。"惟有幽人自来去"，就是孟浩然一句诗串起古人庞德公和自己的精彩写法，这个幽人既是古人又是自己。

孟浩然终身不仕，可以说受到了庞德公太多的影响。庞德公隐居的地方就是孟浩然成长的地方，孟浩然青少年时代一直在鹿门山隐居，这是人一生的人生观、价值观形成的关键时期。孟浩然中年出山游历，求官失败后，又回到鹿门山彻底皈依山水田园。我们完全能够看出来，庞德公那种隐士的高洁已经成为孟浩然一生的精神追求，所以他即便去求官也会失败，他当着皇上面吟出的诗句才会是惹得皇帝生气的"不才明主弃，多病故人疏"。

这就说到了孟浩然的求官坎坷。随着一同隐居的诗友们纷纷出来考科举或者投奔高官,孟浩然也开始了一生中非常痛心的求官生涯。

> 八月湖水平,涵虚混太清。
> 气蒸云梦泽,波撼岳阳城。
> 欲济无舟楫,端居耻圣明。
> 坐观垂钓者,徒有羡鱼情。
> ——《望洞庭湖赠张丞相》

这首诗是孟浩然在洞庭湖写给张九龄的求官自荐信。在唐朝,选官除了正规的科举考试之外,还有很多特殊途径,比如由大官向朝廷举荐,成功后可以不考试直接当官。比如四川节度使韦皋就可以向朝廷举荐妓女出身的薛涛为秘书省校书郎。薛涛的女校书就是从这次举荐来的。

"坐观垂钓者,徒有羡鱼情。"写得非常直白,我也羡慕你们钓鱼,但是我没机会去钓,希望您给个机会。李白、杜甫等人都写过类似的自荐信,这在唐朝是风气,不丢人。李贺写的《雁门太守行》就是给韩愈的自荐信,这种渠道偶尔有成功的,大部分没用。因为大官也不可能收到一首诗就随便给人举荐,毕竟当官是个很严肃的事。

孟浩然求张九龄未果,但孟浩然的诗名吸引了地方大员襄州刺史韩朝宗，韩朝宗刺史大人很给力，帮孟浩然约好了一帮高官，然后说定时间地点，带着孟浩然去结识高官朋友圈。可是问题来了，约好见面的早晨，孟浩然彻夜饮酒，根本没醒，昨夜饮酒时朋友还提醒他跟韩大人约好去见面，别喝了。孟浩然却毫不在意，必须先尽兴，所以就放了韩朝宗的鸽子。这也就孟浩然敢这么干。他出山求官，可以说是一种矛盾心理，不出来求官对家里和自己的抱负没有交代，可真出来求官又总不能一副卑躬屈膝的奴才相，而没有奴才相如何求官呢？所以孟浩然又干出了求官时代最大的一件事，那就是惹怒皇帝。

孟浩然终于在好友王维的引荐下，见到了皇帝。王维比孟浩然先当官一步，王维的仕途除了被安禄山抓住那一段比较坎坷外，其余时候是官运亨通的。王维也很想帮好友孟浩然求官，就在京城四处褒奖孟浩然的诗歌。有一次王、孟哥俩在王维家豪饮，忽然唐玄宗驾到，玄宗来找王维聊天。王维马上意识到孟浩然一生中绝佳的机会到来了，就在接驾时介绍了孟浩然也在我家。玄宗果然高兴，说我看过孟浩然的诗，赶紧叫出来我看看。

可孟浩然在哪里？已经钻到了床下。一般都认为是孟浩然过于紧张，听说皇帝来了吓得乱了方寸。我看也可能是孟浩然有意为之，既不愿冲撞皇帝，又不是很愿意和皇帝交流，所以躲在床下也算是一种态度。

好容易从床下出来，玄宗让孟浩然朗诵一首诗，这就是面试了，面试得好，天子降诏最次也得给个李白待遇，先封个翰林待诏啊。结果就是这次面试，孟浩然彻底断了求官之路，彻底成了山水田园大诗人。

北阙休上书，南山归敝庐。
不才明主弃，多病故人疏。
白发催年老，青阳逼岁除。
永怀愁不寐，松月夜窗虚。

——《岁暮归南山》

孟浩然给皇帝朗诵的就是这首，这首题目就不对，你是来求官的，你却念个归南山，归南山你还求什么官？唐玄宗就是这样想的，所以相当不满。特别是"不才明主弃"这一句，皇帝直接打断：是你自己不来求我，怎么叫我抛弃你了？这就是皇帝和官场的心态：不管多大才华，你得求我，不求我，你就去南山吧。所以皇帝下了结论："卿不求朕，朕岂弃卿？何不云：气蒸云梦泽，波撼岳阳城？"

皇帝已经很生气了，态度也很明显，"气蒸云梦泽，波撼岳阳城"，写得多好？这首诗最起码是你要求官的态度啊，你不念这首，你念《岁暮归南山》，这纯属是你自己就不想当官，我哪有那么贱？你干脆永远不要求官了。

于是，孟浩然触怒了最高统治者，彻底归隐鹿门山，浪迹江湖，布衣终身。从此世间少了一个官僚，多了一个大师。

孟浩然死得也很传奇。王昌龄被贬，路过襄阳，孟浩然招待好友吃饭。当时孟浩然长了毒疮，本来快治好了，但要忌口，不能吃海鲜不能喝酒。孟浩然一见王昌龄，特别开心，更要好好安慰一下朋友，就大摆筵席，纵情吃喝，豪饮不断，最终病情恶化，终年51岁。

孟浩然连自己的命都不在乎，何况是求官这种小事呢？孟浩然是真隐士，他有着庞德公一样的隐逸之心。

> 吾爱孟夫子，风流天下闻。
> 红颜弃轩冕，白首卧松云。
> 醉月频中圣，迷花不事君。
> 高山安可仰，徒此揖清芬。
>
> ——《赠孟浩然》

用这首李白写给孟浩然的诗来做总结，他就是一座高山，只能让我们高山仰止。

不胜人生一场醉——贺知章

少小离家老大回，
乡音无改鬓毛衰。
儿童相见不相识，
笑问客从何处来。

——《回乡偶书》

  这首诗是贺知章八十多岁告老还乡时的作品，脍炙人口，洒脱自然，一句"儿童相见不相识"道尽了多少辛酸。贺知章，字季真，晚年自号四明狂客，越州永兴人，就是今天的杭州萧山区一带人。唐代著名诗人、书法家。

  我们讲了很多仕途科举都不顺的诗人，好像诗人都要郁闷，诗人就不能当大官？其实不是的，现在我们就来介绍一下贺知章这位科举大顺、官运更顺的大诗人。

贺知章从小就以天才著称。在武则天时期，公元695年，年轻的贺知章高中状元。状元是科举考试的头名进士，相当难考，贺知章一举成为状元，授予国子四门博士，迁太常博士。此后官运亨通，历任礼部侍郎、太子宾客等职，最高干到银青光禄大夫正受秘书监。这就是盛唐气象，有才能的人物能够上得来。反观中、晚唐气象，只剩下一曲曲有识之士怀才不遇的悲歌了。

贺知章任秘书监这个重要职务时间较长，所以人称贺监。贺知章为人豪爽，深得唐玄宗信任，又极为好酒，是李白的前辈。年轻的李白初来长安时便受到贺知章赏识，贺知章惊呼李白为"谪仙人"，从此李白有了"谪仙"的雅号。

某次，贺知章约他的小朋友李白喝酒。贺知章是朝廷重臣，李白是一介书生，但贺知章就是这么豪爽，不拘小节地在酒馆约了李白豪饮，两人都是酒仙，经常喝得昏天暗地。结果这次两人拼酒，喝得正高兴，贺知章发现没带银子，李白喝酒也从不带钱，怎么办？贺知章说好办，解下腰间象征大臣品级的朝廷信物——金龟，直接交给店小二吩咐"快上好酒！"这就是贺知章的真性情，金龟换酒，也成了晚年李白时常回忆起的温馨片段。

离别家乡岁月多,近来人事半消磨。

惟有门前镜湖水,春风不改旧时波。

这一首诗也叫《回乡偶书》,是第二首,贺知章八十多岁才获准告老还乡,年少成名,官运亨通,久历官场,现在到了生命的暮年,对家乡的田园生活怎么能不有着一种难以言说的期待呢?

贺知章八十多岁,正是天宝年间,大唐处于鼎盛时代,唐玄宗让他从秘书监转任太子宾客,这是辅佐太子的重臣,证明皇帝把接班人的培养都交给了极为信任的贺知章。但贺知章生了一场大病,九死一生后,坚持要告老还乡,并且把京城长安的住宅捐出来,修成一所道观。贺知章的洒脱高洁令人称道。他告老还乡的当天,皇帝下令百官送行,唐玄宗还亲自写诗赠别,"悄然承睿藻,行路满光辉"就是玄宗对贺知章的惜别之作。贺知章一去,满路都是光辉。能得到最高统治者如此评价,贺知章可谓遇到了明主,贺知章曾经教导过的太子——后来成了唐肃宗,肃宗追赠贺知章礼部尚书。

贺知章为人旷达不羁,有"清谈风流"之誉,擅长书法,晚年尤为洒脱,自号"四明狂客""秘书外监"。八十六岁告老还乡,与张若虚、张旭、包融并称"吴中四士"。

四明有狂客，风流贺季真。
长安一相见，呼我谪仙人。
昔好杯中物，翻为松下尘。
金龟换酒处，却忆泪沾巾。

狂客归四明，山阴道士迎。
敕赐镜湖水，为君台沼荣。
人亡余故宅，空有荷花生。
念此杳如梦，凄然伤我情。

——《对酒忆贺监二首》

这两首饱含深情的诗，是李白回忆贺知章的。"四明狂客"在长安一见面，就叫我"谪仙人"。这是对李白最高的奖赏，李白的"诗仙"就是从此而来。两人青春豪放，把酒轻狂，金龟换酒的地方，成了追忆往昔的伤心落泪处，李白流泪了，为了贺知章。第二首诗还是以"四明狂客"来引起全诗，说明贺知章告老之后是去修道了，贺知章回乡后，皇帝把他门前的镜湖赐给他，这是君主对臣子的莫大荣耀，但"人亡余故宅，空有荷花生"。荷花还在，贺知章何在？"念此杳如梦，凄然伤我情。"又是伤情，以李白的豪放，伤情时不是很多，但李白为了贺知章，又哭又伤情，这是真正的知己。

理想很丰满,现实很骨感——李白

(一)

我本楚狂人,凤歌笑孔丘。

手持绿玉杖,朝别黄鹤楼。

五岳寻仙不辞远,一生好入名山游。

——《庐山谣寄卢侍御虚舟》节选

天姥连天向天横,势拔五岳掩赤城。

天台四万八千丈,对此欲倒东南倾。

——《梦游天姥吟留别》节选

唐诗之所以为唐诗，因为有李白和杜甫。李、杜是唐诗无法逾越的两座高峰，这双峰并峙，撑起了半个盛唐。

  酒入豪肠，
  七分酿成了月光
  余下的三分啸成剑气
  绣口一吐，
  就半个盛唐。

这是台湾的现代诗人余光中先生笔下的李白，轻轻几个字，凝练传神地写出了李白的才华。好的诗歌不分古体还是新诗，只要能给人以启迪和美感，就是好诗。

先说李白，后世给他的称谓是"诗仙"。仙这个词可不是乱用的，被尊为仙，足见李白在作诗、做人等方面的超凡脱俗。李白一生的感情非常庞大而复杂。他追求入世，一生想建功立业："致君尧舜上，再使风俗淳。"但他同时又仙风道骨，对神仙境界的仰慕丝毫不亚于追求建功立业。求仙问道，游览名山，是李白的常态生活。

李白出生在唐朝安西都护府下辖的碎叶城，是西域胡人之后，那个地方如今属于吉尔吉斯斯坦。但你要说李白是外国人显然也不对，在唐朝，在李白出生时那里的的确确就是中国版图。李白家族是西域汉化的胡人。李白年少就离家漫游,一生不曾停止。"五岳寻仙不辞远,一生好入名山游",这是李白自己写的,也是这么做的。

他去长安求官,但不屑于在公务员序列里逐级摸爬,渴望布衣直接为卿相。他凭借无比的才情在长安诗名远播,他真的被皇帝召见了。李白这个平民被唐玄宗以极高的礼遇召进了皇宫。这本身就是一个奇迹,李白一生都在创造奇迹。他在皇宫里逗留了一年,留下了三首《清平调》,从此杨贵妃的倾国倾城随着李白的"解释春风无限恨,沉香亭北倚栏杆"而名扬中外。

李白的仕途可以说没开始就结束了,唐玄宗把李白请进宫给的职务是"翰林待诏"。很多人把这个官职说成"翰林学士",大错特错。翰林学士是实职,能参与机务起草文书。翰林待诏只是个陪皇帝娱乐的弄臣。说白了皇帝看中李白的是他在贵妃翩翩起舞时,能瞬间写出三首《清平调》的娱乐才华,而不可能让李白实现什么政治抱负。李白在明白这一点后,决绝地离开了皇宫。这是李白身上傲骨对苍天的表现,能实现理想就留,不能实现理想就走,绝不会赖在皇宫,仰人鼻息。这在利禄之徒眼中十分不可思议,已经走进皇宫,怎么能自己离开呢?还不紧跟圣上,谋取前程?李白是仙人,怎么会像俗人一样?他离开了长安,游历到洛阳。在洛阳他豪爽地结交天下名士。也就是在这里,他遇到了年仅十三岁也在洛阳游历的杜甫。

李白和杜甫在洛阳分别后，便在庐山隐居中等到了安史之乱。本来李白和这个事件没什么交集，结果唐玄宗的一个儿子——永王李璘成立了一支队伍，打着勤王平叛的旗号开始了招兵买马。永王热情地邀请李白，李白心中积极入世的心又战胜了飘然隐逸的心，他下山了，加入了永王李璘的幕府。

三川北虏乱如麻，
四海南奔似永嘉。
但用东山谢安石，
为君谈笑净胡沙。

——《永王东巡歌》节选

这是李白刚参加永王的队伍时写下的豪言壮语，李白的偶像是东晋的士族领袖谢安。谢安任宰相时，遭遇了东晋立国以来的最大危机。前秦皇帝苻坚率领百万大军南侵，要一举吞并东晋。弱小的东晋本就是偏安江南的，已经统一北中国的前秦如此举全国之力来进攻，谁都会判定，东晋凶多吉少。可历史本就不由谁来判定，历史运转自有其轨迹，颇多机缘巧合。谢安东拼西凑了八万军队开始了东晋的抵抗，苻坚百万大军来袭，双方在淝水隔江相对。然后戏剧性的一幕出现了。占尽优势的苻坚在八公山视察部队、瞭望敌情时,见东晋的队伍军容严整,遍插旌旗,仿佛整个八公山上都是东晋严阵以待的精兵,苻坚竟然在气势上输了一阵。其实东晋哪有那许多兵马,那些八公山上的所谓精兵,都是花草树木而已,苻坚心理上先胆怯了,所以看草木都是兵马,这个典故后来产生了一个成语——草木皆兵。

后来,东晋忽悠苻坚说请您先后撤几里地,让出通道,等我们渡过淝水再决一死战。苻坚也不傻,他一算账想趁着东晋人渡江的时候一举拿下东晋,所以就答应了,自己下令大军稍稍退后。历史性的时刻到来了,苻坚的大军本无战心,兵士多北方健儿,在南方水乡早就疾病多多,一下令后撤就撒腿狂奔,隐藏在队伍中的东晋奸细趁机大喊:秦军败了!秦军败了!

于是,百万大军,在淝水岸边狭小地带内,自相践踏,混乱不堪。严阵以待的东晋战士一看战机来临,一鼓作气冲锋掩杀。前秦皇帝苻坚和他的百万雄师全军覆没,狼狈逃出的苻坚不久就被部将兵变所杀,一战亡国。这也是南北朝并立时北方最大规模也是最后一次南侵,东晋漂亮地以少胜多,不但是军事史上的一次经典战例,更成为历史上的一大奇迹。

当时东晋军队的最高统帅是宰相谢安。谢安在淝水之战的紧要关头在干什么呢?在和人对弈。对弈就是下围棋。品着茶，拿着棋子，一人执白，一人执黑，慢条斯理地落子，围棋即便是现代的快棋赛，没3个小时也下不完，何况当年的围棋没有快棋一说。一盘棋下几天都是常事，下到饭点，把棋牌一罩，吃完饭拿起罩子接着下，这就是磨炼人们耐心和性子的智力游戏。谢安在大战之际，生死存亡关头，还能下围棋，本身就令人敬仰。

淝水之战捷报传来，是一封喜报，谢安扫了一眼就扔在一边继续对弈。对方棋友知道宰相忙，怕耽误宰相处理大事，忙问出什么事了。谢安轻描淡写地说道："小儿辈已破贼矣。"

东晋的前锋指挥是谢安的子侄辈谢玄和谢石等人，所以说小儿辈，说白话就是"我家那帮小孩子已经把敌人平了"。这就是谢安能成为李白偶像的原因。

（二）

李白诗歌中说出了他的理想："但用东山谢安石，为君谈笑净胡沙。"只要统治者你能起用我，我就是当代谢安。我也喝着茶，谈笑着就把安禄山那帮胡人给灭了。苻坚和安禄山都是北方游牧民族血统，所以称胡人。这就是李白，如此的自信。我们无从考证李白的军事才能究竟如何，历史没有给我们留下任何足以评判李白军政才能的案例，所以我们不能说李白真有谢安那样的能力，也不能否认李白具有谢安那样的水平。因为历史上李白从来就没有掌握过军政大权，自然无从展现他的才华。许多人认为李白只能写诗，说说大话，我以为不妥。李白只能写诗是他的无奈，他何尝不想真的掌握一支军队和安史叛军大战一场，"为君谈笑净胡沙"呢？但唐玄宗没有给李白这个机会，他只让李白写诗。永王李璘也不可能用李白领军，他起兵的目的本就不在"净胡沙"，他找李白完全是点缀门面。

历史又跟李白开了个大玩笑，李白到李璘那里没多久，永王李璘和唐肃宗就打起来了。安史之乱后，唐玄宗由于狼狈地逃出首都，长安沦陷，自己也失去了当皇帝的资格。他的几个好儿子纷纷着急接班，反应最快的是唐肃宗，他之前是太子，一看机会来了，马上自立称帝，是为肃宗。唐玄宗呢？被安了个太上皇的职称，从此淡出历史舞台。

肃宗继位后，在抵抗安禄山的同时，把精力重点放在了对付兄弟上，永王起兵勤王本没错，借机壮大自己的势力要割据也不假，但肃宗硬说他要谋反，就是要弄死这个有能力拉出队伍的弟弟。于是双方大战，永王惨败。一败就真成谋反了，从此所有参与永王队伍的人都是叛逆。李白一生立志报国，参与了一下永王队伍，瞬间成了叛逆。被流放夜郎。李白的悲凉可想而知。

李白九死一生，多亏了他当年交友广泛，名满天下，许多重臣包括皇室公主都出来给李白求情。李白当年独坐敬亭山，写了不少诗，据说那是为了找玉真公主，公主在敬亭山隐居，李白就去看公主，所以写了"相看两不厌，只有敬亭山"。这个"相看两不厌"的不一定是山，而是公主啊。

所以读古诗一定要动脑子，诗的背后都有本事，所以叫"此中有真意，欲辨已忘言。"而且，李白当年在皇宫潇洒流连的时候肃宗也见过。说李白谋逆，恐怕没几个人信，于是李白很快被特赦。

> 朝辞白帝彩云间，
> 千里江陵一日还。
> 两岸猿声啼不住，
> 轻舟已过万重山。
> ——《早发白帝城》

这是李白被赦免时的真实写照。

这之后的李白真的远离政治了，不是他不想玩政治了，实在是政治总在玩他。最后的岁月，李白寄情山水，潇洒地在湖北逝世，成就了浪漫主义的一生。

此后李白和杜甫再未谋面，杜甫也在客居中饱尝着人世的辛酸。"夔府孤城落日斜，每依北斗望京华。"在饮食都没有着落的情况下，杜甫听说官军在河南、河北打败了安禄山，还兴奋地写下了《闻官军收河南河北》，尽管这就是个误会，河北特别是安禄山、史思明的老巢范阳，卢龙就是现在的京津、秦皇岛一带，一直到唐朝灭亡都被藩镇割据势力控制，从来没有被官军收复过。

  剑外忽传收蓟北，初闻涕泪满衣裳。
  却看妻子愁何在，漫卷诗书喜欲狂。
  白日放歌须纵酒，青春作伴好还乡。
  即从巴峡穿巫峡，便下襄阳向洛阳。

  杜甫是国士，什么叫国士？时刻以国家为自己的全部，心中不给自我私欲留什么空间。杜甫在基本生活都难以维持的时候，他想到的还是官军收复了河南、河北。他茅屋被秋风所破的时候，心里还是想念着"大庇天下寒士俱欢颜"。以天下苍生为念，李白和杜甫是一致的，这也是"诗仙""诗圣"并列双峰能够被人万代流传的原因。

  为了平定安史之乱，李白从庐山毅然下山，给自己惹上了大祸。

  为了忠于朝廷，杜甫只身从安禄山的铁骑下逃离，九死一生地追随皇帝。

  他们在行事的时候，没有想到什么个人得失，完全想的是天下苍生。正因为心中有苍生，李白和杜甫都不会成为一心升官的弄臣。他们不当官则已，当官也是铮臣、直臣。杜甫要一味逢迎，就不会丢了左拾遗的京官，就不会住那个被秋风所破的茅屋。可他当了几天官，就要仗义执言，触怒皇帝，丢官为止。

这和李白不愿意做一个娱乐弄臣，毅然离开玄宗的皇宫一样。他们感人的地方也就在此。一个伟大的诗人，首先要是一个伟大的人。如果李白、杜甫一味地追求升官发财，即便诗歌再好，也换不来后世的敬仰。

这有现成的例子，武则天时期的初唐大家宋之问，写下了"江静潮初落，林昏瘴不开。明朝望乡处，应见陇头梅"这一等一的名句，诗文才华是一流的，可人品是极差的。一生阿谀奉承，陷害忠良。巴结武则天一辈子，最终连女皇都烦他，落得一个很惨的下场。宋之问的诗名也一直不大，这就是作诗先做人的道理。凡事都是如此，做人是第一位的。

令"诗仙"搁笔的高人——崔颢

> 昔人已乘黄鹤去,此地空余黄鹤楼。
> 黄鹤一去不复返,白云千载空悠悠。
> 晴川历历汉阳树,芳草萋萋鹦鹉洲。
> 日暮乡关何处是,烟波江上使人愁。
>
> ——崔颢《黄鹤楼》

李白被尊为"诗仙",那是不是李白写诗就是天下第一、无人能比呢?不是的,"文无第一"说的就是这个道理。李白有李白的大才,但别人不是李白也照样能写出千古名句,这就是诗词的魅力,在诗歌面前,没必要妄自菲薄。都说李白狂,其实那是没遇到对手,遇到崔颢这个高人,李白是相当低调和谦虚的。

黄鹤楼，屹立在武昌。登楼极目，长江滚滚，是江南名胜、中国名楼，也是历代文人墨客题诗唱和的宝地。"诗仙"李太白一日游览到黄鹤楼，登楼四顾，天水茫茫，诗兴大发，马上提笔，就要在黄鹤楼白壁上题诗了。李白右手提笔，四下踱步寻找可以题诗的空地。此时黄鹤楼大墙上有一首诗映入了李白眼帘。李白起初还很不在乎，觉得这首无名诗人的诗占了自己的地方。他极不耐烦地扫了一眼这首诗。

"昔人已乘黄鹤去"，俗，李白暗道：这个典故谁人不晓？黄鹤不去能叫黄鹤楼吗？

"此地空余黄鹤楼"，一般般吧，李白不觉继续往下看。

"黄鹤一去不复返，白云千载空悠悠。"啊呀，这一联太绝了！不拘格律，一句"空悠悠"，就把黄鹤楼的气势写绝了。按格律"空悠悠"对不上"不复返"，但人家敢这么不拿格律当回事，李白还真被吸引住了。

"晴川历历汉阳树，芳草萋萋鹦鹉洲。"当李白读出这句千古名联时，他手中的笔"啪"的一声落在地上，墨汁溅了一身，但李白浑然不觉。他反复吟诵这一句，"晴川历历"对"芳草萋萋"，"汉阳树"对"鹦鹉洲"，对仗对得异常工整，无可挑剔，把上一联被"空悠悠"打破的格律又完好无损地拉了回来。人家作者不是不会格律，原来是不屑于玩格律啊！

"日暮乡关何处是，烟波江上使人愁。"这尾联一出，李白摇头长叹，吟出了两句诗："眼前有景道不得，崔颢题诗在上头。"

论名气，十个崔颢也抵不上"诗仙"，可诗歌就是这样，不论名气。李白是真正的"诗仙"，他不会浪得虚名，他知道崔颢这首《黄鹤楼》，已经把古今意境写成化境，再无可超越。

这就是盛唐的风范，谁都可以在名胜题诗，尽情展现自己的才华。而展现才华之余，又极为尊重真正的好诗。能写则写，不能写则不写。

崔颢在唐朝存诗不多，除了这首威震李白的《黄鹤楼》之外，还有一首"君家在何处，妾住在横塘。停舟暂借问，或恐是同乡。"以一个女子的口吻，为我们展现了盛唐男女交流的无碍与社会风气的浪漫无邪。但再怎么说，崔颢和李白的名气都是无法相比的。但李白宁可放弃自己在黄鹤楼题诗的机会，也要尊重崔颢的名作，这就是李白的胸怀，也是他配作千古"诗仙"的资本所在。

李白离开黄鹤楼后，到了金陵即今南京，在金陵的凤凰台上，李白面对滚滚长江，终于不能自已，把在黄鹤楼没有抒发出来的激情倾泻在凤凰台上，写下了这首《登金陵凤凰台》：

> 凤凰台上凤凰游，凤去台空江自流。
> 吴宫花草埋幽径，晋代衣冠成古丘。
> 三山半落青天外，二水中分白鹭洲。
> 总为浮云能蔽日，长安不见使人愁。

这首诗，开篇两句明显是在模仿崔颢，李白在黄鹤楼时，真的被崔颢震撼了，可他毕竟是"诗仙"，是敢于平交诸侯、长揖万圣的李白，他内心深处还是想和崔颢的《黄鹤楼》一争高下的，于是一定要用和崔颢相似的笔法来歌咏。

开篇两句明显能看出来，和"昔人已乘黄鹤去，此地空余黄鹤楼"类似，再看篇中名句，李白的是"三山半落青天外，二水中分白鹭洲"，一下写出了白鹭洲的险要，把白鹭洲和长江交相辉映的气势展现得淋漓尽致。不愧是"诗仙"下笔，字字精神。但崔颢的名句是"晴川历历汉阳树，芳草萋萋鹦鹉洲"，两相对照不难看出，依然是崔颢更胜一筹，全诗比较也是如此。

尽管李白在意境、遣词、格律各方面都写得无可挑剔，但两相比较，在意境、遣词、格律各方面李白都稍逊一筹。崔颢地位不如李白，可一首诗压服李白，这就是唐朝论诗不论资历的卓越之风。

孤舟一系故园心——杜甫

> 纨绔不饿死,
> 儒冠多误身。
> ……
> 读书破万卷,
> 下笔如有神。
> ——《奉赠韦左丞丈二十二韵》节选

杜甫戴着儒冠,却一生困顿,空有"读书破万卷,下笔如有神"的才华,却只能看着纨绔子弟裘马轻肥。

杜甫,河南人。祖先是西晋名将杜预,他爷爷是武则天时代的名臣杜审言。杜审言的五言律诗在唐诗历史上非常有名,他写出了"云霞出海曙,梅柳渡江春"的千古名句。

> 独有宦游人,偏惊物候新。
> 云霞出海曙,梅柳渡江春。
> 淑气催黄鸟,晴光转绿蘋。
> 忽闻歌古调,归思欲沾巾。
>
> ——杜审言《和晋陵陆丞早春游望》

这首诗在初唐诗坛非常有名。难怪杜甫对自己的家学渊源如此自信。杜甫早年非常自豪,他真的是出身于世代贵胄的豪门公子。他早年和李白一样豪放奔腾,只身游历天下。在洛阳的结识,成了"诗仙"和"诗圣"终身回忆的风云际会,也是两人唯一的一次相聚,此后几十年,两人各自在颠沛流离的道路上奔波,再未相聚。

杜甫生于豪门,可豪门出身并不一定都能大富大贵。比如汉代大豪族弘农杨氏的杨震,五十岁前一直在桑梓设坛教书,人称"关西孔子"。五十岁才开始为官,后多次升迁,官至太尉。一次,他到东莱赴太守之任,途经昌邑,昌邑县令王密是杨震的学生,经由杨震举荐才当的官,听说老师路过昌邑,就前往拜见,临别之时悄悄取出十斤黄金送给杨震。

杨震见了,大为不悦,说道:"我了解你,你怎么不了解我的为人呢?"王密说道:"我趁天黑来的,没有人知道,您就收下吧。"杨震回答说："没人知道？天知，地知，你知，我知，怎么能说没人知道呢？"王密听罢，惭愧地走了。很多朋友想给杨震置办一些产业好传给子孙，但杨震坚决不答应，说："让我的后代被人称为'清白吏'的子孙，不是更好吗？"这就是弘农第一豪族杨氏家族的清白传家家风，知道了弘农杨氏如此清贫就不难理解杜甫怎么生于豪门却贫困了。

到了杜甫这一代，家族的荣光没能给他什么实际好处。现实的残酷让杜甫消磨了当年的豪气，对现实社会的残酷有了更真切的体会，写出了"残杯与冷炙，处处潜悲辛"的惊人之语。

安史之乱爆发，杜甫只身逃出长安，找到了远在陕西凤翔的唐肃宗。肃宗也很高兴，给了杜甫一个左拾遗的官职，这是杜甫第一次参与政权。左拾遗属于门下省，在唐代三省六部制中门下省的作用是谏议和弹劾。杜甫兢兢业业地履行着职务，以对大唐的无限忠诚经常性地犯颜直谏，最终触怒了唐肃宗。杜甫按照忠臣的标准来要求自己，可是皇上没按照明君的标准来执行，最终杜甫直接被贬谪为华州司户参军。这个小官就是个连工资都发不出来的基层科员，在动荡的局势中根本难以糊口，杜甫弃官奔赴了安史之乱中相对和平的四川。在四川，杜甫有了草堂。但不要把这个草堂和今天成都的那个旅游景点相联系，杜甫当年的草堂是《茅屋为秋风所破歌》中那个样子的。

"八月秋高风怒号,卷我屋上三重茅。"一觉醒来,见到蓝天,屋顶没了。"床头屋漏无干处,雨脚如麻未断绝。"下雨时,外边是大雨,里边是中雨。

杜甫在成都唯一的生活来源,就是接济自己多年的朋友严武。严武是成都地方官,官不小,帮衬了杜甫好多年,杜甫那个挂名的检校工部员外郎也是严武给杜甫争取来的。严武去世后,杜甫失去了唯一的生活来源,连草堂都住不起了,不得已离开四川,顺江而下,在重庆等地漂泊,写出了不朽的《秋兴八首》,最终死在船上。这就是杜甫的一生。所以形成了杜甫诗歌"沉郁顿挫"的风格,他没法不沉郁,没法不顿挫。我们了解了这些背景,再好好来读《秋兴八首》,八首是一个整体,有今天的境况,有故国的情思,有对社稷的忧叹,还有对往昔伴君面圣的无比自豪。

其一

玉露凋伤枫树林,巫山巫峡气萧森。
江间波浪兼天涌,塞上风云接地阴。
丛菊两开他日泪,孤舟一系故园心。
寒衣处处催刀尺,白帝城高急暮砧。

其二

夔府孤城落日斜,每依北斗望京华。

听猿实下三声泪,奉使虚随八月槎。
画省香炉违伏枕,山楼粉堞隐悲笳。
请看石上藤萝月,已映洲前芦荻花。

其三

千家山郭静朝晖,日日江楼坐翠微。
信宿渔人还泛泛,清秋燕子故飞飞。
匡衡抗疏功名薄,刘向传经心事违。
同学少年多不贱,五陵衣马自轻肥。

其四

闻道长安似弈棋,百年世事不胜悲。
王侯第宅皆新主,文武衣冠异昔时。
直北关山金鼓振,征西车马羽书驰。
鱼龙寂寞秋江冷,故国平居有所思。

其五

蓬莱宫阙对南山,承露金茎霄汉间。
西望瑶池降王母,东来紫气满函关。
云移雉尾开宫扇,日绕龙鳞识圣颜。
一卧沧江惊岁晚,几回青琐点朝班。

其六

瞿塘峡口曲江头,万里风烟接素秋。
花萼夹城通御气,芙蓉小苑入边愁。
珠帘绣柱围黄鹄,锦缆牙樯起白鸥。

回首可怜歌舞地，秦中自古帝王州。

其七

昆明池水汉时功，武帝旌旗在眼中。
织女机丝虚夜月，石鲸鳞甲动秋风。
波漂菰米沉云黑，露冷莲房坠粉红。
关塞极天惟鸟道，江湖满地一渔翁。

其八

昆吾御宿自逶迤，紫阁峰阴入渼陂。
香稻啄余鹦鹉粒，碧梧栖老凤凰枝。
佳人拾翠春相问，仙侣同舟晚更移。
彩笔昔曾干气象，白头吟望苦低垂。

由盛转衰的悲歌
——白居易一曲《长恨歌》

在天愿作比翼鸟，
在地愿为连理枝。
天长地久有时尽，
此恨绵绵无绝期。

  这几句耳熟能详的诗，是白居易为唐玄宗和杨贵妃所作的《长恨歌》。其实以白居易现实主义的风格来看，他作这篇大作的原意是讽喻汉皇重色、国势颓唐的。可由于文采太过华丽，语句太过迷人，这首诗竟成了流行歌曲，为人们所喜闻乐见。人们也忽略了讽喻，而突出了李、杨的悲欢离合。那么李隆基和杨玉环是如何悲欢离合的呢？这要从大唐的开放说起。

我们一谈到古代,就很自然地联想到"封建""保守""男女授受不亲"。其实这是个误解。真正的保守是从宋代往后才越演越烈的。在唐代以前,特别是唐代,人们的前卫及开放观念是我们无法想象的。比如对于婚姻伦理。父亲的女人就是自己的母辈,无论如何,也不能娶父亲的女人啊?这可是婚姻伦理中的一条铁律。可就是这条原则,唐代人也可以毫无顾忌地打破,特别是做出表率的还是帝王之家。

在太宗时,武则天和唐高宗李治就做过一回开放的表率。有太多人攻击武则天,说狠毒的有,说残暴的有,可说她伺候两位帝王的却不多。批评李治无能的有,说李治懦弱的也多,可说他娶父亲的女人的不多。这就证明在唐朝,李治和武则天干的这些事儿——那都不是事儿。

武则天晚年被神龙政变缴了枪,又经过太平、安乐几位公主折腾,大唐江山最终落到了李隆基手里。这位青年天子在执政前期亲贤臣、远小人,开创了开元盛世。可后期,特别是从迎娶杨贵妃开始,就逐渐走向了深渊。

他迎娶杨贵妃,又让我们再次看到了大唐婚姻观的开放。杨玉环是个绝色美女,倾国倾城。但她可不是皇帝的贵妃,她是皇子寿王的王妃。历史没有记载她和寿王的感情如何,只知道就在她嫁给寿王后不久,寿王他爸爸唐玄宗就下旨让寿王离了婚,送杨玉环出家为女道人。显然,这就是做个过渡。她成为女道人后不久,圣旨又来,宣女道人进宫、还俗、册封为杨贵妃。

李隆基自己可能也稍微意识到直接娶儿媳妇不太好看,所以加了女道人这个环节,这样说来,我娶的是女道人,并不是儿媳妇。

大家看明白了吧?这就是大唐,唐高宗可以娶父亲的妃子武则天,唐玄宗就可以娶儿子的老婆杨玉环。这就是有着包罗万象、海纳百川胸怀的盛世大唐。

> 姊妹弟兄皆列土,
> 可怜光彩生门户。
> 遂令天下父母心,
> 不重生男重生女。

《长恨歌》中这四句诗,形象地反映出杨玉环一朝得宠后,所产生的社会效应。让几千年来重男轻女的观念都为之一变,大家想象一下这是什么效果。

唐玄宗宠幸杨贵妃时,诗仙李白也躬逢其盛。当时梦想在长安一步登天的李太白,终于在公主的引荐下,得到了玄宗的召见。李白极受宠幸,不经科举就直接获得了一个翰林待诏的官衔。李白可以直入深宫,见官不拜,极为潇洒,传出了许多令后人倾倒的典故。

李白第一次见到杨贵妃时，皇帝命他作诗。李白不假思索作了《清平调》三首。

云想衣裳花想容，
春风拂槛露华浓。
若非群玉山头见，
会向瑶台月下逢。

一枝红艳露凝香，
云雨巫山枉断肠。
借问汉宫谁得似？
可怜飞燕倚新妆。

名花倾国两相欢，
长得君王带笑看。
解释春风无限恨，
沉香亭北倚阑干。

这三首诗写完，由倾国倾城的杨贵妃现场演唱，达到了诗歌和音乐的最完美结合。这三首诗其实李白根本不曾费力，对于诗仙来说，作这种应景之作甚至是一种不屑为之的雕虫小技。李白的理想是平交诸侯，长揖万圣，治国平天下。

可不久李白就发现，自己想实现的"致君尧舜上，再使风俗淳"的政治理想根本不能实现。不能实现的原因主要是皇帝根本没有依靠他治理天下的意思，皇帝供养他只是让他做一个以诗词来点缀深宫宴饮的娱乐角色，充其量是拿他当一个弄臣，而不会让他当一位贤臣。所以在当了一阵这个锦衣玉食却难有思想的翰林待诏后，李白被"赐金放还"了。从此身在江湖，心存魏阙成了李白一生的纠结。

客观讲，皇帝宠爱贵妃，如果仅限于深宫中，那无可厚非，也没什么严重后果。但皇帝往往宠爱后妃就会波及后妃的亲戚，这就产生了容易擅权的"外戚"。杨玉环的哥哥杨国忠成为了宰相。君主体制下，能够匡扶皇权得失，为民生实际负责的其实是宰相。贤相在位，上有昏君也问题不大。

例如明朝，明朝不设单人宰相，但依靠内阁的高效运转，集体行使相权，这也是一种有益的尝试。遇到军国政事，各部报给内阁，由首辅大臣会同五六个阁员把如何处理该问题写到小票上，再把这小票递交给深宫中的皇帝，这就是用小票拟出处理意见，简称"票拟"。

皇帝不用实际处理问题，一般也不懂具体问题。他只需要看看内阁的"票拟"是否妥当就行，妥当就用红笔写上"照准"，不妥当就发回内阁重新拟票，这就是著名的"票拟—批红"制度。事实上，内阁的处理意见往往是很专业的，内阁阁员和首辅大臣都是出身于科举，既饱读诗书又有着丰富的从政经验，正常的君主一般不会驳回内阁票拟。所以内阁行使相权效率的高低，就直接决定了治国理政的效果。

明朝后期，君主多奇葩，奇葩就是不正常。他们常高卧深宫，累月经年地不上朝。这些懒政的帝王更不会拒绝内阁的票拟，他们连批红这么重要的君权都放权给司礼监太监去做。所以从明神宗万历皇帝几十年不上朝，到明熹宗朱由校天天当木匠等各种奇葩皇帝都没关系，只要内阁几个大臣靠谱，国家就不乱。

像万历朝最为典型，前朝积弊太深，民不聊生。东南有日本倭寇来势汹汹，东北有后金崛起，努尔哈赤气吞万里如虎。万历帝根本不曾为这些琐事操心，这位并不好色，无甚特殊爱好的皇帝只喜欢在深宫睡觉。各种军国大事，都由外朝的内阁代为处理。万历早期，有名相张居正主掌内阁，兴利除弊，推行"一条鞭法"等重大改革，国库得到充盈，豪强得到抑制，民生得到改善。

张居正死后，接下来的内阁首辅们，虽然没有了张居正的魄力，但都是饱读诗书的靠谱人。重用"封侯非我意，但愿海波平"的戚继光荡平了倭寇。重用威震辽东的李成梁做了辽东总兵，遏制了努尔哈赤几十年。皇帝虽不问世事，但国政未受影响，反而由于皇帝的彻底放手，内阁大臣的积极性被充分调动，也减少了很多不正确的干扰。所以万历皇帝死后，后人给他上的尊号是明神宗。这一个"神"字，包含的或许并不完全是贬义。

事实确实如此，皇帝勤政有时并不是好事，勤政的皇帝说明他揽权，而揽权是需要自己英明神武的，否则国事就会受到影响。举个例子，明朝万历这个无为而治的皇帝之后又经过了熹宗就到了末代皇帝崇祯。崇祯帝朱由检大大削弱了内阁职权，他事必躬亲，极为勤政，一点也不懈怠。

可自己的执政能力又确实不高，还刚愎自用，杀了辽东长城——袁崇焕，导致多尔衮直逼山海关。贸然裁撤小公务员，逼反了一个李自成，闹到最后，和大臣离心离德，不但亡国，自己也悲壮地死在景山公园那棵歪脖子树上，倒是给北海后边的景山公园开创了一个景点。以上插叙的是相权在古代社会中极为重要的作用。

唐玄宗立国时，姚崇、宋璟、张九龄先后为相，这些有才干、有人品的士大夫帮玄宗料理出一个开元盛世。

忆昔开元全盛日，
小邑犹藏万家室。
稻米流脂粟米白，
公私仓廪俱丰实。
九州道路无豺虎，
远行不劳吉日出。
齐纨鲁缟车班班，

男耕女桑不相失。
宫中圣人奏云门,
天下朋友皆胶漆。
百余年间未灾变,
叔孙礼乐萧何律。

——《忆昔二首·其二》节选

这是有"诗史"之称的杜甫,对开元盛世的描述。那是个令人神往的世界,大唐在国际上享有崇高的威望,也全靠开元盛世奠定了基础。

江南有丹橘,经冬犹绿林。
岂伊地气暖,自有岁寒心。
可以荐嘉客,奈何阻重深。
运命惟所遇,循环不可寻。
徒言树桃李,此木岂无阴?

这是张九龄的名作《感遇十二首·其七》,最后两句"徒言树桃李,此木岂无阴?"正像是对朝廷的追问,有"经冬犹绿林"的佳木而不用,却重视那些只是看着好看的桃李,朝廷如此,自己还说什么呢?

随着张九龄罢相,李林甫、杨国忠等权臣先后执掌国政。这些人没有什么士大夫的道义与担当,只拣着皇帝爱听的说,然后掩盖矛盾,自己权倾朝野,中饱私囊。开元盛世也一步步走向深渊。杨国忠治国无方,却颇能惹事,他与边关节度使胡人安禄山的矛盾越发激烈。最终安禄山联合史思明掀起了差一点儿就终结唐朝的"安史之乱"

天宝十四年(755),范阳(今北京城西南)、平卢(今辽宁朝阳)、河东(今山西太原)三镇节度使安禄山率领十五万蕃兵,诈称奉了朝廷密旨,以讨伐杨国忠为名,杀向洛阳、长安。长期以来,唐朝的兵力布置一向外重内轻,而野战部队中安禄山的战斗力又首屈一指,一时间叛军长驱直入,稀里哗啦就占领了黄河以北的很多郡县。唐朝官军多年和平早就腐败懈怠了,各地文臣武将又贪生怕死,望风投降。

所以安禄山势如破竹的造反,很快就有了席卷全国之势。如果各地守将都能尽忠职守、誓死抵抗,那安禄山的势力可能也就局限于河北一带,到不了长安了。可惜的是舍生取义的忠臣良将太少了,所以偶尔出现的几个英雄都被人广为传颂。

名臣颜真卿的弟弟颜杲卿坚守常山(今河北省石家庄市正定县),拒不投降叛军,城破被俘,大骂安禄山而死。颜杲卿的儿子颜季明也不屈而死,颜真卿痛失亲人,怀着深悲剧痛写下了书法上被称为天下第二行书的《祭侄文稿》。

安史之乱爆发后,唐玄宗还沉浸在对安禄山的高度信任中，一度不相信他会造反，快兵临城下了才仓促部署对安禄山的防御。他让名将封常清、高仙芝领兵御敌，无奈双方实力相差太大，一边是养尊处优腐败多年的唐军，一边是连年征战边疆势如破竹的叛军。唐军一路败退，洛阳失守，只得退守潼关（今陕西潼关东北），封常清就是岑参《走马川行奉送封大夫出师西征》中送的那位封大夫。

君不见走马川行雪海边，
平沙莽莽黄入天。
轮台九月风夜吼，
一川碎石大如斗，
随风满地石乱走。
匈奴草黄马正肥，
金山西见烟尘飞，
汉家大将西出师。
将军金甲夜不脱，
半夜军行戈相拨，
风头如刀面如割。
马毛带雪汗气蒸，
五花连钱旋作冰，
幕中草檄砚水凝。
虏骑闻之应胆慑，

料知短兵不敢接,

车师西门伫献捷。

诗中描绘的是封大将军身着金甲挥师荡平西域的盛况,"虏骑闻之应胆慑,料知短兵不敢接。"只不过那时的封大将军还是盛年,那时的大唐还是盛唐。可如今,面对洪水一般的叛军,廉颇老矣的封大将军也只能节节败退。

但封常清毕竟是一代名将,他知道现在敌兵势大,唯有坚守潼关才是上策。于是封常清和高仙芝收缩兵力,坚壁清野,死守潼关。安禄山久攻不下,十分懊恼。

如果按照封常清坚守待变的战略来进行,安史之乱或许不会有那么严重的后果。这时,最焦急的是安禄山,他仓促起兵,不能持久。所以大唐的坚守绝对是上策。而帮了叛军大忙的是唐玄宗本人。他接受不了这样的挫折,又听信宦官边令诚的诬陷,竟然愚蠢到派人将封常清、高仙芝斩首示众。大敌当前,冤杀大将,三军垂泪,如何不败?朝廷丧失了两员经验丰富的战神,为后面的惊天祸患埋下了伏笔。这就是安史之乱为什么能乱这么久的原因,因为除了军事失败外,最主要的是从统治者就开始的政治腐败。

杀了封常清、高仙芝两位名将之后,唐玄宗想到了另一位传奇名将哥舒翰。大唐不缺文人,也不缺武将。太宗朝个个都是开国名将,玄宗朝也是名将辈出。哥舒翰是少数民族血统，世居西域，常在军旅，治军严整。《唐诗三百首》收录了一首少数民族的歌谣《哥舒歌》，就是当地居民对这位唐朝大将的畏惧与崇敬。

> 北斗七星高，
> 哥舒夜带刀。
> 至今窥牧马，
> 不敢过临洮。

少数民族放马都不敢越过临洮，为什么？临洮这边有哥舒翰驻守。做边关大将的有如此声威，世所罕见。

就是这样一位世所罕见的名将，但此时已是风烛残年，还不幸偏瘫已久。虽然哥舒翰极力推辞，但最后还是皇命难违，以病体接受了任命。他在担架上躺着到潼关后，强撑危局，依然延续了封常清坚守不出的军事策略，安禄山更加西进无望。此时郭子仪、李光弼率领其余唐军正在局部反击，安禄山和史思明首尾不能相顾，形势正朝着有利唐朝的一面发展。

而这时，扭转局势，帮了安禄山大忙的又是唐玄宗。此时吓破胆的玄宗已经十分昏聩，完全没有了刚即位时斩杀上官婉儿、斗败太平公主的圣明天子的聪明睿智，对形势严重误判，过分依赖杨国忠。最终，在杨国忠的怂恿下，玄宗又下严令要哥舒翰出关迎敌。哥舒翰皇命难违,被迫无奈带兵出城,一战即中埋伏,全军大败。又有叛徒出卖,将哥舒翰绑缚敌营,一代名将成了安禄山的俘虏,一年后被安庆绪所杀。潼关失守。

潼关失守的直接后果就是长安必破。玄宗仓皇出逃,这一走的结果就是失去了两样东西,爱妃和皇位。失去爱妃是为了保住皇位,可失去了爱妃也没能保住皇位,这大概是玄宗最大的悲哀。

马嵬坡禁军哗变刚刚逼玄宗赐死了杨贵妃,玄宗的好儿子李亨就在甘肃灵武纠集了一帮文武官员称帝了,把唐玄宗遥尊为了"太上皇"。

在唐朝太上皇可绝对不是一个好职位。李世民玄武门杀兄灭弟后就把老爸李渊供成了太上皇。唐玄宗在和太平公主争斗的血雨腥风中登基后,把本来在位的父皇睿宗李旦供成了太上皇。太上皇一般的结果都是郁郁而终,李隆基也不例外。他自己罢免了张九龄,杀了封常清和高仙芝,逼死了哥舒翰,却重用了杨国忠,提拔了安禄山。失去了江山和美人的他,孤老深宫,只留下千古谈资供人们茶余饭后闲话,这结局其实也属于不错了。

翠华摇摇行复止,
西出都门百余里。

> 六军不发无奈何，
> 宛转蛾眉马前死。

正如《长恨歌》所说，"宛转蛾眉马前死"是玄宗自己一手造成的，怨不得别人。贵妃无辜，倾国倾城并不是错，错在君王。

人们总把杨玉环和唐朝的安史惨败联系起来，其实这不对。杨玉环只是红颜，并非祸水。还是那句话，如果皇帝宠爱姬妾，只限于后宫，这绝无大错。千万不要将对姬妾的宠幸波及前朝，否则就要出大事了。若玄宗只爱贵妃，而不重用杨国忠之流，那开元盛世绝对可以延续下去。当然历史不能假设，后人唯有深思。

中唐大诗人李益，有一首很知名的绝句《过马嵬》，也为贵妃的冤死鸣了不平。

> 汉将如云不直言，
> 寇来翻罪绮罗恩。
> 托君休洗莲花血，
> 留记千年妾泪痕。

总而言之，一曲《长恨歌》就是一部大唐由盛转衰的历史悲歌。诗即历史。在甘肃自己上位的唐肃宗，纠集各地兵马,去民间强抓壮丁,老百姓们先被安禄山祸害又被朝廷折腾,巍巍大唐瞬间就走了下坡路。杜甫的《石壕吏》写有明证,那些缺德抓老太太的可不是安禄山叛军,而是后来封到汾阳郡王的郭子仪的王师。

清代大才子袁枚的诗《马嵬驿》堪称评价安史之乱的名作。

> 莫唱当年长恨歌,
> 人间亦自有银河。
> 石壕村里夫妻别,
> 泪比长生殿上多。

附上《长恨歌》全文,大家自己去思考吧。

> 汉皇重色思倾国,御宇多年求不得。
> 杨家有女初长成,养在深闺人未识。
> 天生丽质难自弃,一朝选在君王侧。
> 回眸一笑百媚生,六宫粉黛无颜色。
> 春寒赐浴华清池,温泉水滑洗凝脂。
> 侍儿扶起娇无力,始是新承恩泽时。
> 云鬓花颜金步摇,芙蓉帐暖度春宵。
> 春宵苦短日高起,从此君王不早朝。

承欢侍宴无闲暇，春从春游夜专夜。
后宫佳丽三千人，三千宠爱在一身。
金屋妆成娇侍夜，玉楼宴罢醉和春。
姊妹弟兄皆列土，可怜光彩生门户。
遂令天下父母心，不重生男重生女。
骊宫高处入青云，仙乐风飘处处闻。
缓歌谩舞凝丝竹，尽日君王看不足。
渔阳鼙鼓动地来，惊破霓裳羽衣曲。
九重城阙烟尘生，千乘万骑西南行。
翠华摇摇行复止，西出都门百余里。
六军不发无奈何，宛转蛾眉马前死。
花钿委地无人收，翠翘金雀玉搔头。
君王掩面救不得，回看血泪相和流。
黄埃散漫风萧索，云栈萦纡登剑阁。
峨嵋山下少人行，旌旗无光日色薄。
蜀江水碧蜀山青，圣主朝朝暮暮情。
行宫见月伤心色，夜雨闻铃肠断声。
天旋地转回龙驭，到此踌躇不能去。
马嵬坡下泥土中，不见玉颜空死处。
君臣相顾尽沾衣，东望都门信马归。
归来池苑皆依旧，太液芙蓉未央柳。
芙蓉如面柳如眉，对此如何不泪垂。

春风桃李花开日，秋雨梧桐叶落时。
西宫南内多秋草，落叶满阶红不扫。
梨园弟子白发新，椒房阿监青娥老。
夕殿萤飞思悄然，孤灯挑尽未成眠。
迟迟钟鼓初长夜，耿耿星河欲曙天。
鸳鸯瓦冷霜华重，翡翠衾寒谁与共。
悠悠生死别经年，魂魄不曾来入梦。
临邛道士鸿都客，能以精诚致魂魄。
为感君王辗转思，遂教方士殷勤觅。
排空驭气奔如电，升天入地求之遍。
上穷碧落下黄泉，两处茫茫皆不见。
忽闻海上有仙山，山在虚无缥缈间。
楼阁玲珑五云起，其中绰约多仙子。
中有一人字太真，雪肤花貌参差是。
金阙西厢叩玉扃，转教小玉报双成。
闻道汉家天子使，九华帐里梦魂惊。
揽衣推枕起徘徊，珠箔银屏迤逦开。
云鬓半偏新睡觉，花冠不整下堂来。
风吹仙袂飘飘举，犹似霓裳羽衣舞。
玉容寂寞泪阑干，梨花一枝春带雨。
含情凝睇谢君王，一别音容两渺茫。
昭阳殿里恩爱绝，蓬莱宫中日月长。

回头下望人寰处，不见长安见尘雾。
惟将旧物表深情，钿合金钗寄将去。
钗留一股合一扇，钗擘黄金合分钿。
但教心似金钿坚，天上人间会相见。
临别殷勤重寄词，词中有誓两心知。
七月七日长生殿，夜半无人私语时。
在天愿作比翼鸟，在地愿为连理枝。
天长地久有时尽，此恨绵绵无绝期。

中唐流韵

草根诗人终封侯——高适

高适,是由盛唐入中唐的大诗人,河北衡水地区景县人。高适的人生经历非常丰富,前半生郁郁不得志,到了五十岁才当上一个封丘县县尉。县尉比县令这七品芝麻官还小,是个典型的基层乡镇科员。每天的公务就是对上磕头奉承,对下搜刮民脂民膏。高适是个好人,有着经世济民的理想,但对这种在基层压榨百姓的差事他十分反感,可反感又没办法,谁让自己官小呢。

我本渔樵孟诸野,一生自是悠悠者。
乍可狂歌草泽中,宁堪作吏风尘下?
只言小邑无所为,公门百事皆有期。
拜迎官长心欲碎,鞭挞黎庶令人悲。

归来向家问妻子,举家尽笑今如此。
生事应须南亩田,世情尽付东流水。
梦想旧山安在哉,为衔君命且迟回。
乃知梅福徒为尔,转忆陶潜归去来。

——《封丘作》

所以高适写下了这首《封丘作》,其中的酸甜苦辣,感动了千百年后的有志向为官但又不愿意阿谀奉承和压榨百姓的好人。

我本来是个散淡的人,悠然过一生是我的追求,狂歌一曲是我的性情,怎么能忍受在封丘小县当个小吏。小吏的感觉是悲凉的,就两个业务:拜迎长官,鞭挞黎庶。在长官面前,必须阿谀奉承着,官场规矩官大一级压死人。高适的级别太低,县尉大约就是副县长,但今天的副县长权力不小,下边好多个局能分管。可高适那个时候是唐朝,唐朝的县政府已经是最基层的单位了,高适下边没有什么局长了,所以高适的职责就是管理百姓。说是管理,主要任务是横征暴敛各种苛捐杂税。安史之乱爆发,唐朝的百姓负担已然不小了,到了安史之乱后,战火遍地,安史叛军对百姓是一次灭顶之灾,随后镇压叛军的官军又以不次于叛军的气势对百姓进行了二次搜刮。大家看杜甫的《石壕吏》就知道"吏呼一何怒,妇啼一何苦"的意思了。

那么古代百姓的负担主要是什么呢？是税。

古代历朝历代一般政府征收赋税收的是人头税，有几口人收几份税，这就有个问题。比如说1口人一年交1两银子的税，这是国家制度。好，这样算下来有一个大户人家，他家有10口人，就交10两银子。然后一个穷苦的百姓人家，也是10口人，那么也要交10两银子。看似负担一样，其实大不一样。大户人家拥有土地1000亩，只交10两银子。农民家只有10亩土地，也要交10两银子。交不起就只能卖地，把土地卖给大户人家，自己从有土地的自耕农，变成了耕种地主土地的佃户。这就是富者越富，穷者越穷的原因。变成了佃户的农民，法律上不是独立的人了，他就把给国家交的税转交给地主，因为你的土地属于地主，而地主呢又经常向官府隐匿人口来偷税漏税。所以，由于贫困而卖地的农民越来越多，官府能收的税却越来越少，富了的只有地主豪族。这就是困扰中国历史几千年的土地兼并问题。兼并无休止地进行下去，地主豪族聚集的土地越来越多，百姓无地可种，国家无税可收，最后就是大规模起义，改朝换代。历史上的几次著名的经济改革比如宋王安石变法、明张居正"一条鞭法"，都是针对这个问题的，只是效果均不理想。其实从西汉末年的王莽开始，就注意到了这个土地兼并让国家和小民均难以生存的问题。

王莽开创新朝，建国称帝，以至高无上的皇权来推动土地改革，规定土地为王田，不得买卖。但王莽的改革遭到了豪族势力的疯狂抵制，当年王莽得以代汉自立是得到了豪族贵族地主的支持，现在他改革伤害了这些人的利益，这些人就果断抛弃王莽，扶植新的代理人。最终刘秀这个汉代远支皇族被选中，灭掉了王莽。刘秀成了光武帝，光武帝也知道症结所在，推行了一次清理土地的丈量，但遭到抵制，不了了之。

  以张居正"一条鞭法"来说，明朝万历初年，国家积贫积弱，政府几乎没有了财政收入，民间土地兼并严重。万历皇帝年幼，张居正任内阁首辅，张居正早就是皇帝的老师，为人正派，有思想，利用自己大权独揽的局面，积极推动酝酿多年的"一条鞭法"。简单地说就是把人头税改成土地税，张居正意识到按人头收税对百姓太不公平。老百姓家人多、地少，地主家人少、地多。所以张居正改成不按人头，按土地多少征税。这样一来，无地、少地的农民就不用交税，而拥有万亩良田的大地主就需要交很多税，国家一下有了财政收入，农民负担一下减轻，"一条鞭法"改革是明代卓有成效的经济改革，为后世做了良好榜样。但这样的改革利国利民，却不能长久，利国利民却不利于地主。地主豪族勾结贪官污吏对新法疯狂反扑，张居正这位呕心沥血、历仕三朝、辅佐年幼的朱翊钧登上皇位的内阁首辅张师傅，也在死后不久，就被皇帝开棺鞭尸，落得个挫骨扬灰的下场，"一条鞭法"

再无人提及。

> 初闻铁骑近神州，杀气遥传蓟北秋。
> 间道绝须严斥堠，清时那忍见毡裘。
> 临戎虚负三关险，推毂谁当万里侯？
> 抱火寝薪非一日，病夫空切杞人忧！
>
> ——《闻警》

　　这是张居正写的一首诗，诗中全是对国家的忧虑。张居正曾任兵部尚书，其主管兵部时大力支持明朝军备，支持浙直总督胡宗宪、大将戚继光、俞大猷的抗击倭寇事业，使得为祸多年的倭寇之乱在嘉靖朝末年得以终结。万历皇帝非常变态地清算了这位扶自己上位的老师，但历史会记住忠臣，会记住这位名相。

　　地主豪族对改革的反扑全面胜利。明朝不久灭亡。一直到了清朝雍正年间，雍正皇帝锐意改革，推行摊丁入亩国策。丁就是人头税，亩就是土地税，也是要把人头税并到土地税里。

　　王莽是皇帝，王安石和张居正都是宰相，如此官位权力要改革土地赋税制度都如此艰难，别说高适这个八品县尉了，所以高适的痛苦可想而知。他对百姓无限同情，可他的职责就是鞭挞黎庶。这也是同样当过县令的陶渊明为什么弃官归隐的原因吧。

弃官归隐后，高适毕竟有一颗雄心勃勃的为国之心，他来到了边塞，这次投奔了河西节度使哥舒翰幕府，担任了掌书记。虽依然是低级文员，但边塞生活，给了高适全新的感受，在哥舒翰这位一代名将身边，他也学习到了很多。

千里黄云白日曛，

北风吹雁雪纷纷。

莫愁前路无知己，

天下谁人不识君。

这是高适的千古名作《别董大》，董大是著名音乐家，在长安和高适相识，后来流落西域，高适说天下谁人不识君，是安慰朋友，其实又何尝不是自我安慰呢。

可是，安史之乱带来的皇位更迭、人事变动似乎给了这位五十四岁才当上八品县尉，五十多了还当着大将幕府低级文员的高适一个改变命运的戏剧性机会。由于天下大乱，新君继位，国中无人，朝中无将，新政权反而不拘一格降人才了，安史之乱后的高适得以平步青云。他首先被提拔出任大权在握的淮南节度使，然后历任彭州刺史、蜀州刺史、剑南节度使等要职。节度使在安史之乱前还是荣誉性官职，可到了安史之乱后，这种军事性官职成了监管军事和地方的最高长官,后来高适还被封了渤海县侯。封侯是古代学子建功立业的最高理想。汉代飞将军李广一生征战难以封侯。高适就这么封侯了。他是唐朝诗人中唯一封侯的人。所以古代就有评价,说唐代诗人显达的唯有一个高适。高适死后,被追封为礼部尚书。

高适五十岁以前一直过着布衣贫贱生活,但贫贱的生活未能磨灭高适的气概,他到处漫游,希望能一飞冲天。天宝三载,李白被玄宗"赐金放还",到洛阳遇到杜甫,二人同游汴州,又与高适相遇。这三位诗人,纵酒狂歌,成为文学史上的佳话,至今开封市禹王台(即古吹台)内仍建有三贤祠以纪念他们的盛会。高适和他们分手后,自商丘沿汴河东下,写了一篇《东征赋》,记载了安史之乱前的汴河方位,可以纠正《资治通鉴》的错误,有很高的史料价值。

高适晚年的成功和自身的能力是分不开的。乱世中,只会写诗是难以发达的。王之涣、王昌龄、李颀等大诗人都当过县尉,但也就当到县尉为止了。这种风尘末吏是很多诗人不屑但又难以超越的命运。高适在安史之乱时,在天翻地覆间,抓住了机会,显示了才能,一展了雄图。

哥舒翰是很器重高适的,这位名将镇守西部边陲,得到了西部各族少数民族的尊重,当地有歌谣"北斗七星高,哥舒夜带刀。至今窥牧马,不敢过临洮",就是歌颂哥舒翰的。高适五十一岁做了哥舒翰麾下的掌书记,虽然是无级无品的文员,但可以朝夕相伴哥舒翰左右。安史之乱爆发后,哥舒翰被临危受命,调任潼关,去防守安禄山主力,高适也随军前往。

潼关失守后,高适没有慌乱中四散奔逃,更没有投降叛军。他突出重围,直奔四川,见到了玄宗,向玄宗详细陈述前敌状况,分析失败原因。混乱中的玄宗第一次听到这么有力的分析和这么清楚的汇报,这是高适第一次面君,就已经深得了君主信任。这就是高适的能力。审时度势的能力,对全局把控的能力,对国家的忠心和对自身的自信,成就了高适。吓破胆的玄宗,下令让各位藩王分别在各地领兵,起来抗击安禄山。

刚刚得到皇帝信任的高适,开始了第二次面君,他直言极谏决不能让藩王各自领兵。他说的理由非常正确:此时天下大乱,平叛需要一个核心领导,而让那么多各怀鬼胎的藩王去招兵买马,最后不但平不了叛军,很可能形成一片军阀割据。这位站在皇帝面前慷慨陈词的高适,已经五十三岁了,他等着这一天等了半辈子,终于有机会面见君主施展抱负了。

高适的这番陈词,玄宗没有接受,但没关系,玄宗很快就成了太上皇。而高适这番陈词,最爱听的就是当时的太子,后来的唐肃宗。太子,当然希望由自己作为平叛的最高领导,若是他那帮兄弟们都出来领兵,一人一块,谁还听皇上号令？所以高适分析得确实符合国家利益，更符合肃宗的个人利益。

高适马上被提拔，几个月内，从一无所有的白丁身份，连着升迁，连升八级，最终被新皇上任命为江淮节度使。这是文人掌握了军权。一年前高适还是哥舒翰手下的连劳务派遣都算不上的临时工文员。一年后，他就和哥舒翰一个级别了。哥舒翰是河西节度使，他是江淮节度使。在唐朝，文人当将军手握军权的，仅此一人；文人一年内从老百姓提拔到三品大员的，仅此一人。

高适早就说过"宁堪作吏风尘下"。高适想着经国济世，不能忍受做一个低级小官吏的苦闷，他不愿跪迎长官，更不愿欺压百姓，他有自己的理想，虽然为了这个理想他等了五十多年。但理想还是要有，万一实现了呢？

高适能出任江淮节度使，另一个帮忙的就是永王李璘。永王趁乱拉拢人马，打着平叛的旗号开始作乱，他用自己的实际行动验证了高适对局势的分析。所以唐肃宗马上提拔高适去江淮，去永王的根据地，剿灭永王一伙。高适展现了其治军才能，永王一伙也实在腐败，别说平叛，连自己造反都一事无成，很快被高适平定。但如何处理永王身边的一个谋士，高适陷入了深深的纠结。

永王身边谋士众多，高适把他们就地正法也就完事了，可有一个谋士实在不好处理，那就是李白。昔日的少年朋友，如今白头相见，竟然是这个局面。李白也有一颗成大事的雄心，但他的机遇不好。当年进了皇宫，最终出来了。一心想报效国家，结果被永王忽悠，参加了叛乱队伍；漫游天下，认识了高适，但如今高适带兵抓他。李白确实是无辜的，他不可能帮助永王谋反，他是真以为永王会带兵擒王，他以为跟着永王，这位玄宗的亲儿子就是帮助朝廷，就是和安禄山奋战，但政治是复杂的，李白是单纯的。

高适没有杀李白，但也没有救李白，他折中了一下，把李白押入囚车，送给朝廷，让上级处理。李白的夫人数次求见高适，高适都没有见；李白写信给他说明情况，他也不看。他珍惜来之不易的官爵，尽量疏远李白的影响。或许他知道，自己不方便救李白，但李白知交满天下，在朝中一定有人帮忙。果然朝中很多大臣都为李白说情，唐肃宗也不傻，他知道李白的性格，说李白参与叛乱太扯了，于是李白有惊无险地被判了个流放夜郎，还没到夜郎，就又来圣旨无罪释放了。

李白这一圈下来，确实有惊无险，但高适在其中确实没有为李白说过情，这也是后人对高适颇有微词之处。高适又历任几个地方的节度使后，最终官至正三品的散骑常侍。大家要知道，在唐朝三品就是宰相级的高官了，六部尚书也不过就是三品，一品、二品的都是司徒、司马尚书令这些虚衔。张九龄当着宰相，也不过就是正三品，不当宰相后，皇帝为了优待老干部，给了个"开府仪同三司"的虚职，这个虚职反而是一品。官分实职和虚职两种，在今天也是这样。实职是掌权负责的，虚职是给个待遇而已，没有实权，不用负责。

大家记住，在唐朝是群相制，中书省、门下省、尚书省的长官都算宰相，没有专门的像秦汉时的丞相职务了，这是避免相权过大干扰皇权，把相权拆分为三省长官。中书省长官叫中书令，岑参的爷爷岑文本当过这个官，宰相。门下省的长官叫门下侍中，魏徵当过这个官，宰相。尚书省的长官叫左、右仆射。

高适封侯，尽管只是个县侯，但以县封侯也是莫大的荣耀。高适为诗人立了个榜样，谁说诗人注定贫贱？高适死后，被追赠礼部尚书。这是皇帝对他莫大的哀悼了。他没有当过礼部尚书，但赠一个尚书头衔，高适的后人会跟着受益很多。

762年，李白去世。765年，高适去世。不知道封侯的高适在死前是否知道了李白的死讯。但高适的显达是与其自身素质分不开的，可以指责高适对李白的冷漠，但不能抹杀高适的人品和对百姓的赤诚。

探骊得珠惊四座——刘禹锡

> 王濬楼船下益州，金陵王气黯然收。
> 千寻铁锁沉江底，一片降幡出石头。
> 人世几回伤往事，山形依旧枕寒流。
> 今逢四海为家日，故垒萧萧芦荻秋。
>
> ——《西塞山怀古》

经过安史之乱的打击，靠着横征暴敛和去周边少数民族部落借兵才勉强结束了安史之乱的大唐，已经步入中唐。中唐的诗人自觉不自觉地增加了几分沉甸甸的宿命。中唐诗人中的翘楚，首推白居易。而今天这首诗，却令当时文坛盟主的白居易席中罢笔。这首诗就是刘禹锡的《西塞山怀古》。

长庆年间,白居易、刘禹锡、元稹等大诗人共聚长江沿岸的西塞山,此地靠近金陵,与六朝古都不远。就在开怀畅饮的席间,白居易提议,每个人都以"怀古"为题,写一首诗,然后以此诗定文章优劣。大唐的气度就是用诗歌来表达心声,这和现代人与朋友欢聚畅饮后愿意去歌厅K歌类似,只不过唐代K的歌是唐诗。

白居易在当时是偶像级的人物,对诗文相当自负。提议后,就积极构思,准备一鸣惊人。元稹是白居易的挚友,其一句"曾经沧海难为水,除却巫山不是云"达到了古今悼亡诗的巅峰。有如此才情更是当仁不让,也准备亮剑夺魁。

可就在这二位高手中的高手准备一展身手时,刘禹锡站起来,端起酒杯一饮而尽,然后,说道:"我已有了。"挥毫提笔写下了这首《西塞山怀古》。

白居易不信,一把抢过诗稿,一读之下,扼腕叹息,良久不语。末了,说:"我们一起探骊,你却先得宝珠,我们还写什么?"白居易不愧是文坛领袖,只言片语间都带着典故,探骊得珠这个成语出自《庄子》,骊是黑龙,传说其鳞下有宝珠。白居易用探骊得珠来比喻刘禹锡这首诗,最贴切不过。

元稹也拿来一看,同被惊得叹息良久。于是大家公推刘禹锡这首"怀古"乃金陵怀古第一诗。当场决定放弃今天的对诗唱和,刘禹锡以一首诗终结了白居易和元稹的金陵怀古题材，堪称古今一段奇闻。刘禹锡此后与白居易并称"白刘"。其在暮年与同为暮年的白居易再相逢后还写了"沉舟侧畔千帆过，病树前头万木春"来激励自己。

刘禹锡这首《西塞山怀古》的的确确堪称怀古名篇。怀古诗历来常见，可要成为名篇很难，要史实、艺术、思想三位一体。而刘禹锡这首诗，做到了这一点。

"王濬楼船下益州，金陵王气黯然收。"起笔两句用彩笔点明史实，把我们的镜头一下拉回了三国时期那段倥偬岁月。

终于迈出篡位一步的晋武帝司马炎，在实现了伯父司马昭之心，废掉魏国末代皇帝曹奂后，开始谋划统一全国了。

这里有一件事要提一下，那就是司马昭之心。司马昭是司马懿的儿子，和哥哥司马师一起大权独揽，一生忙于篡位，毕生梦想是废掉魏帝自立。他还亲自干掉了敢于反抗他的魏帝曹髦。但就是这样一位路人皆知的篡逆元凶，却在一次骑马中摔死了，死得很神奇。所以司马昭一生忙于篡位，但他并没有完成篡位，他死时，魏国还有皇帝。司马昭再欺负皇帝，也只是被封成晋王。

曹操的子孙里，从司马懿掌权时就开始受气，司马懿的儿子司马师、司马昭先后掌权继续欺压曹操的子孙。司马师和司马昭哥俩废掉了不听话的魏帝曹芳，立曹髦为傀儡皇帝。曹髦即位后非常有骨气，并不怕司马家族，想着祖先的英明神武，想着我祖先都是欺负汉献帝的，哪轮得着你司马昭兄弟欺负我？所以毅然以天子之尊，在某天带着亲信太监和宫女杀向了司马昭的大本营，瞬间悲催地被干掉，一代帝王死时年仅二十。

他为什么带着太监、宫女？为什么不带兵？答案很显然，兵都归司马昭了，他曹髦只能凭借太监和宫女去杀奸臣了。曹髦很英勇地亲自乘着战车，挥舞着长矛杀向了司马昭兄弟。虽然失败，但这个孙子还真有点像他爷爷曹操的血性。

当时三国中的魏国被西晋取代，蜀国由于有个乐不思蜀的后主也早早纳入了晋武帝版图。只有割据江东的吴国，在开国大帝孙权之后传国三世，还坚挺在南京。晋武帝积聚力量，终于在太康元年（280年）分兵六路，大举伐吴。其中各路均不足道，起决定作用的是益州刺史老将王濬率领的一路水军。

王濬曾在西晋名臣羊祜手下久任参军。羊祜可以说是西晋灭吴的总设计师，他一步一步地将西晋引入到一统三国的轨道上来。王濬后来担任了益州刺史，在蜀国故地修建水师战船，准备顺流而下直取南京。东吴毕竟是三分天下有其一的大国，对于王濬的军事准备不是没有察觉。东吴在沿江险要处钉了许多铁索，铁索上浇筑铁锥，铁锁横江可谓固若金汤。此举确实在开战后收到了效果，王濬的水军一度被阻隔在西塞山江面上。可王濬毕竟是一代名将，横江铁索又怎能阻挠他天下一统的步伐？王濬顺流放出巨型大筏，大筏所到之处，连根挂起了横江铁索。王濬又用油船点燃烈焰，大火过处，铁索铁锥纷纷滑入江底。失去了长江天险的吴主孙浩，只能在石头城下肉袒出降了。

这就是"千寻铁锁沉江底，一片降幡出石头"，这一句用典精当，对仗工整，令我们回味诗句之余，又深思了历史。只有好诗才能给人如此感觉。南京、长江、三国演义，这是历史诗歌永恒的题材。

刘禹锡写出这首名震全唐的《西塞山怀古》后，明朝的开国文人高启也写了一首威震大明的类似题材长诗《登金陵雨花台望大江》：

大江来从万山中，山势尽与江流东。
钟山如龙独西上，欲破巨浪乘长风。
江山相雄不相让，形胜争夸天下壮。
秦皇空此瘗黄金，佳气葱葱至今王。
我怀郁塞何由开，酒酣走上城南台；
坐觉苍茫万古意，远自荒烟落日之中来！
石头城下涛声怒，武骑千群谁敢渡？
黄旗入洛竟何祥，铁锁横江未为固。
前三国，后六朝，草生宫阙何萧萧。
英雄乘时务割据，几度战血流寒潮。

我生幸逢圣人起南国，祸乱初平事休息。

从今四海永为家，不用长江限南北。

高启也明确地指出：铁锁横江未为固。朝代的统治者要是昏聩，人才得不到重用，草民得不到生息，政治不上轨道，最终什么铁索也保不住长江，什么天堑也保不住疆土。

的确，任何朝代的历史，到最后都是一幕悲歌。想魏蜀吴三国开国时明主在朝，英雄在国。而消亡时，昏君在上，降臣在下。吴国在孙权时期，周公瑾弱冠之年，就让曹公的八十万大军灰飞烟灭。当日赤壁之战时的东吴水军冠绝天下，令横朔曹公丧胆。而太康元年的东吴水军呢？只能把希望寄托在几根铁索上，铁索被拔，国家也就到此为止了。想东吴满朝文武，怎就再无一个周郎呢？当然，蜀国灭亡时，若孔明当国，五虎上将俱在，区区钟会、邓艾之流又何能灭蜀？魏国的末主曹奂若换成曹操，哪怕是曹丕，几个司马炎能完成篡位？当然，历史留给我们的不是假设，后人只有唏嘘。

所以刘禹锡写道："人世几回伤往事，山形依旧枕寒流。"这两句神来之笔，把古今之思、兴亡之感，说得再无遗词。难怪白居易和元稹这些大家都当场搁笔，不再作此题材。

"今逢四海为家日，故垒萧萧芦荻秋。"四海为家说的是大唐一统不用再三分天下，可明褒之后是暗贬和讽刺，经历了安史之乱，借助少数民族之力才勉强平叛的唐朝已没有了天可汗的威严，有中央宦官和党争开始败坏朝局。在地方很多安禄山旧部不能清除，只能封为藩镇，承认国中之国。这就是逐渐走向下坡的中唐，刘禹锡当此时局，用这首诗来警醒朝廷，莫忘历史。

贞元二十一年（805），唐德宗去世，唐顺宗即位。可是新登基的天子顺宗已经中风很久了，根本不能言语。所以他注定是一位大权旁落的天子。争夺顺宗大权的两派人，一派是顺宗做太子时的老师王伾和王叔文。这两位是正直的士人，有理想有抱负，他们深得顺宗信任，所以他们针对中唐的种种弊端，进行了一系列的革新运动。刘禹锡、柳宗元等正直官员均参与了王叔文的革新运动。中唐风气一时扭转。如果德宗继续躺着做他的天子，如果王叔文能继续执政，大唐的中兴还是有望的。

但是历史的规律是铁的，任何革新都会触动守旧势力的既得利益，而这种触动是会招来你死我活的反扑的。

王叔文革新运动直指的一个重点就是宦官专权这个中、晚唐的痼疾。唐朝衰落有两大痼疾，在外是藩镇割据，在内就是宦官专权。

这时，在德宗身旁一手遮天的大宦官是俱文珍。俱文珍在德宗时，曾以监军太监的身份平息过几次地方藩镇的叛乱，可谓是能文能武、有胆有识的人物。德宗后期，他逐渐掌握了兵权，皇帝非常怕地方藩镇割据，更怕中央的君权被大将把持，就把中央的兵权交给了太监让他们去监督藩镇，这样做的结果就是无论中央还是地方，皇帝都掌握不了兵权。这就是唐朝一步步走向西山的病根。

王叔文出身寒门，靠着头悬梁，锥刺股的发愤苦读才有了今天的职位，他目睹大唐的积弱，痛恨藩镇的割据，更痛恨宦官垄断兵权，所以他主导的"永贞革新"的第一个举措就是削去俱文珍等宦官的兵权。俱文珍大怒，他本就看不上王叔文这群读书人，没想到这群书生还敢动自己的根本利益。于是俱文珍利用顺宗中风瘫痪的病体，直接矫诏，罢免了王叔文。还动员自己的势力，上书弹劾王叔文集团，要废止永贞革新的各个举措。久病在床的顺宗身体瘫痪可心里明白，他知道谁是忠臣，所以力所能及地对俱文珍进行着抵抗。俱文珍恼羞成怒，干脆连这个瘫痪的皇帝也废掉！

永贞元年八月，俱文珍胁迫顺宗禅位给太子李纯，李纯即位为唐宪宗。顺宗成了囚徒一般的太上皇。

宪宗即位，自然事事依着俱文珍，能左右君主废立，唐朝太监势力可见一斑。后世多论明清太监权大，其实明、清两代皇权控制宦官极为严厉，宦官的黄金时代还是在唐朝。

王伾、王叔文这两位领头的宰相被贬谪，不久均死。贬谪大臣就是不方便直接判死刑时，就贬谪一下，山高路远，毒雾瘴气的，死了也很自然。参与革新的柳宗元、白居易、刘禹锡等一时才俊都由很有政治前途的京官被贬谪为边州的司马。这一事件史称"二王八司马"。

这一贬谪，对唐朝政局自然是不利的，但对于唐朝文学却未尝不是有利的。刘禹锡在巴蜀荒凉之地开创了新调民歌《竹枝词》，白居易在浔阳江头正遇见了琵琶女，柳宗元在永州看到了小石潭。

> 东边日出西边雨，道是无晴却有晴。
> ——《竹枝词》
> 同是天涯沦落人，相逢何必曾相识。
> ——《琵琶行》
> 潭中鱼可百许头，皆若空游无所依。
> ——《小石潭记》

这些因缘都促成了文学史上不朽的乐章。

"八司马"中，刘禹锡的经历尤为曲折。被贬十多年后，刘禹锡赶上大赦天下一类的好事，就回到了长安城。难以抑制心中的激动，他就去城里故地重游。游览的第一个地方就是玄都观。这是长安城中有名的道观，观里种着千亩桃花，春风吹来，桃花遍地，是长安一大名胜。刘禹锡当年做京官时没少来这里游览题诗。此次十年后重游故地，怎能不题诗一首以示纪念呢？这是唐人的性格，更是中国读书人的风格。

> 紫陌红尘拂面来,
> 无人不道看花回。
> 玄都观里桃千树,
> 尽是刘郎去后栽。
>
> ——《玄都观桃花》

这首诗,题在玄都观大墙之上,一时传遍长安。人人赞叹。特别是最后两句,"玄都观里桃千树,尽是刘郎去后栽"饱含被贬谪十年的辛酸,以及笑傲一切的正能量。而且这桃千树也有暗指,就是说贬谪自己的政敌:你们这些桃树没什么好得意的,你们不都是把我刘郎整走后才上台的吗?我刘郎在这你们还不一定能上来呢!

刘禹锡用诙谐的笔调、绝世的才情为我们勾勒出了自己不畏贬谪、乐观笑傲的风骨,更有对黑暗势力无情的嘲讽。黑暗势力非常给力,接到刘郎的嘲讽后,马上上折子,组织政治攻击,很快把刘禹锡又发配到连州当刺史去了。

又过了十四年,唐宪宗已经去世。到了大和二年(828),刘禹锡终于被征召回京。这次不少朋友劝他千万不要再用什么诗歌来抒发感情了。可这是在唐朝,对于刘禹锡这样的大诗人来讲,不让他写诗,现实吗?

刘禹锡不但写诗，还必须来玄都观再写一首诗，而且和当年那首游玄都观，同题同韵。

再次来到玄都观，早已物是人非。玄都观的桃树也已经破败，非常荒芜。刘禹锡感慨不已写下了这首《再游玄都观》。

他自己记载了写这两首游玄都观诗的心路历程：

余贞元二十一年为屯田员外郎时，此观未有花。是岁出牧连州，寻贬朗州司马，居十年，召还京师。人人皆言有道士手植仙桃，满观如红霞，遂有前篇，以志一时之事。旋又出牧，今十有四年，复为主客郎中，重游玄都观，荡然无复一树，唯兔葵、燕麦动摇于春风耳。因再题二十八字，以俟后游。时太和二年三月。

刘禹锡说得很平和，但我们能感受到字里行间的无奈与辛酸，以及那不可磨灭的志向和激情。

百亩庭中半是苔，
桃花净尽菜花开。
种桃道士归何处？
前度刘郎今又来。

这首诗，承袭了上一首的风格，自己是乐观积极，对敌人是辛辣无情。"种桃道士归何处？"你们都打击的刘郎却又回来了。这是一种笑傲江湖的霸气，更是对自己的鼓励。须知，这两首《玄都观桃花》是刘禹锡用十几年的遭遇铸就的。

本诗一发表，再次引起轩然大波，尽管换了天子，尽管换了朝臣，刘禹锡依旧不见容，他又被贬谪了。好在唐代对于政见不和的文人一般就是贬谪，从京官贬为地方官就行了。贬的地方越偏僻，说明处分越重。其实凡事辩证地看，刘禹锡最远被发配到巴蜀，所以他自己说：

巴山蜀水凄凉地，二十三年弃置身。
怀旧空吟闻笛赋，到乡翻似烂柯人。
沉舟侧畔千帆过，病树前头万木春。
今日听君歌一曲，暂凭杯酒长精神。

巴蜀远离了京师，生活条件自然恶劣，可淳朴的民风、婉转的山歌正好抚慰了他在险恶官场所留下的伤痕。刘禹锡将山歌小曲做了大手笔的加工，形成了《竹枝词》，最广为人传颂的就是：

杨柳青青江水平，
闻郎江上唱歌声。

> 东边日出西边雨，
> 道是无晴却有晴。

刘禹锡生于772年，卒于842年。享年七十岁，这在唐朝，那是少有的高寿。刘禹锡被数代皇帝和政敌打击了一辈子，但他的寿命活过了数代帝王和政敌，这种重压之下依然长寿的例子世所罕见。他的一生充满坎坷，可他有诗歌相伴，诗言志，歌咏言。可以兴、可以观、可以群、可以怨。刘禹锡高寿的一生，政治上的失意和诗歌上的巨大成就，正如他自己的名句："东边日出西边雨，道是无晴却有晴。"

桃花依旧，人面难寻
——崔护

去年今日此门中，
人面桃花相映红。
人面不知何处去，
桃花依旧笑春风。

——《题都城南庄》

那是在唐德宗年间，有一个青年士子去长安赶考。当年的科举考试层层选拔，最后一关就是去首都参加考试，考中者，由皇上赐进士出身，然后培养考察，量才封官。所以现在很多人把古代考进士的科举考试说成是今天的高考，其实是不对的。高考录取后，只是成了大学生，大学毕业后有没有工作还两说，怎么能跟考上就当官的科举相提并论呢？要真和今天的考试类比一下的话，科举有点像今天的公务员考试。公务员考试考中后就有了国家干部的身份。当然公务员考上后并不能直接当官，当的只是科员或办事员，想当官还要不断成长。而科员办事员在古代官场中充其量只能算一个吏。咱们有个词叫"官吏"，但须知，官和吏还是有着天壤之别的。官是领导，吏是干事。

　　崔护入长安赶考，由于路途遥远，一般士子都是提前个一年半载住在长安，复习应考。不像现在考公务员，5号考，4号坐高铁到北京也来得及。

　　崔护有一日在城南闲逛，走到一处院落门口，口渴难耐，就敲门讨水。在古代民风淳朴，路人口渴，随便找个人家喝碗水还是没问题的。苏轼的诗："日高人渴漫思茶，敲门试问野人家"也是古代民风的写照。敲开门后，崔护被开门的美女吸引了。美女不苟言笑，请崔护进院，倒上水，就在一旁站着，崔护与人搭讪，美女也不回应。崔护喝完水，自己一步三回头地走出了院子。美女也送崔护出门，始终不发一言，这是淑女应有的端庄。不能见个帅哥就心花怒放，那是花痴不是淑女。崔护只记得美女面若桃花，和门前的桃树相映生辉。这个不苟言笑的端庄淑女彻底吸引了崔护。但考试压力巨大，崔护忍住相思，咬牙背书。不知不觉一年过去了，终于放榜，崔护高中。他想起了曾经日思夜想的桃花美女。

他凭记忆又来到了都城南庄，找到了那棵桃树，敲响了梦中的大门。无奈，这次门没有开。无人应答的结果让崔护怅然若失。他坐在紧闭的院门口，一言不发，许久，走上前去，在墙壁上写下了前面那四句诗。

几天后，崔护忍不住又去城南庄寻觅，当他再来到这户人家时，发现白幡高挑，灵堂高搭。崔护大惊，有一老者过来问道："书生，你可是崔护？"崔护大惊，"老丈为何认得在下？"老者说："你可把我女儿害惨了。去岁你来讨水，我女儿见你一面相思成苦，苦等一年不见你来，前几日忽见你在门口的题诗，女儿大为伤感，以为无缘再见，竟一病不起，郎中诊治已是无药可救，老朽正在料理后事。"

崔护再也抑制不住情感，直接奔向内堂，守着已经躺在床上穿好寿衣的桃花美女，痛哭不止。

接下来的场面，就很戏剧性了。崔护号啕大哭的过程中，不断摇晃灵床，许久，美女竟然苏醒，然后两人终成眷属。这个结局我为什么略写呢，因为这和安徒生童话是一个套路，王子公主快乐地生活在一起。

关于这个传说您不必较真，这是代代相传的一个故事，可能真，也可能不真，你没见过崔护，我也不认识桃花美人，咱们就永远无法求证，既不能证明有这事，也不能证明没这事。这就是历史学上的一个概念，就是直接发生的那个第一历史是永远无法还原的。

第一历史就是当时人物直接活动的那个历史。那个历史已经发生过了，我们再无法还原，我们今天研究的都是文献记载或出土文物上隐含的历史，这些都是第二历史，是间接的。

比如项羽请刘邦吃鸿门宴，项庄舞剑，意在沛公。大家耳熟能详，那这个事件你见过吗？当然没有，谁见过项庄舞剑呢？今天的人谁也没见过，那为什么我们相信有这个事件呢？因为司马迁《史记》记载了。《史记》是正史，司马迁是有风骨的史学家，所以我们有理由相信有鸿门宴这个事件。但细想，司马迁见过人家项庄舞剑吗？也没有。司马迁是汉武帝时人，项庄舞剑那会司马迁的爷爷还没出生。司马迁写鸿门宴也是根据文献和传说整理出来的。了解了这一点，我们就会对历代传说有一个比较中性的认识，正史记载的不一定是真的，野史传说的材料也不一定是假的，史书上写的不一定是真实的史实，史书上没写的也不一定没有发生过。

所以，西方历史大家克罗齐和科林伍德都提出过一个观点，就是：一切历史都是思想史。他们的意思就是说，任何通过材料得来的间接历史都不是第一历史，都是通过材料所产生的我们的思想。就比如清代孝庄太后和多尔衮，他俩的关系到底如何？我们有人说是这样，有人说是那样，到底怎样恐怕只有孝庄和多尔衮清楚，我们今天的结论只能是当代人们对历史材料的一种思考或者说是一种推测。

无情不似多情苦——元稹

> 曾经沧海难为水,
> 除却巫山不是云。
> 取次花丛懒回顾,
> 半缘修道半缘君。
>
> ——《离思》

这首诗,是中唐最负盛名的才子元稹在妻子韦丛死后,难掩深悲剧痛,写下的千古名篇。

我们先来看元稹,少数民族血统,鲜卑拓跋氏之后。北魏时,孝文帝拓跋宏进行全面汉化的改革,把拓跋姓改成了元姓,此后拓跋人都姓元。他是中唐大诗人,和白居易友善,共倡新乐府,世称"元白"。"元"就是元稹,还排在白居易之前,足见元稹在中唐诗坛的地位。元稹一生,最为人称道的诗篇就是这首《离思》,也正是这首《离思》中对亡妻感情的异常真挚让人们对元稹写完《离思》后的行为,有了批判的强大理由。这首《离思》也引出了唐代四大才女中的两位——薛涛和刘采春。

薛涛,是唐代著名的女诗人,也是名妓。许多人不能接受这么有才的女子竟然是妓女出身。其实不用大惊小怪。在古时,妓女自有其过人之处,特别是在唐宋,风月场中往往才女辈出,妓女的出身丝毫不能贬低其才华。且古时的风月场所,自有其文化传播的大作用在,许多诗词,都是借由妓女演唱而广为流传的。比如柳永词,一般都是写完后交给妓女传唱,传唱得多了,所以在宋朝有"凡有井水处,皆能歌柳词"的说法。可以大胆地说,若没有古时的妓院,许多诗词是不能被我们后人所熟知的。

薛涛,字洪度,唐德宗时人,居于成都浣花溪畔,才华横溢,色艺双绝。她和当时的大诗人元稹、白居易、张籍、王建、刘禹锡、杜牧均有诗文唱和,名震全国。曾自制小花信笺,用来写诗。薛涛诗传出后,全国人民竞相模仿薛涛的信笺,一时流行起了"薛涛笺"。

薛涛本是官宦子弟,父亲还是个蜀地地方官,早年间,父亲抱着未成年少女的薛涛在院子里坐着,门前有几棵梧桐树,父亲随口吟了两句诗:"庭除一古桐,耸干入云中。"然后让薛涛续写,幼小的薛涛即应声曰:"枝迎南北鸟,叶送往来风。"这两句对得极为工整,和父亲的诗浑然一体,很有感觉。

父亲大惊,大惊的是女儿的天才,同时又有一种不祥的预感:女儿这两句"枝迎南北鸟,叶送往来风"这不就是以后要当青楼女子的写照吗?果然一语成谶,父亲死后,家道中落,薛涛被迫沦落风尘,真的成了"枝迎南北鸟,叶送往来风"的风尘沦落人。

如此才华横溢的薛涛还差一点儿有了公务员身份。当时的西川节度使韦皋,十分欣赏薛涛,直接让薛涛来省政府处理公文,薛涛的行政才能得到充分发挥,公文处理得井井有条,比那些经过公务员考试上来的书呆子们办得还好。韦皋大喜,要上表保举薛涛为秘书省校书郎。如果保举成功,那薛涛将成为历史上第一个女校书。结果此事被顽固保守的势力阻挠,最终没有实现。但薛涛却有了女校书的美誉。

薛涛威震大唐绝非戏言。薛涛一生65年,长居成都浣花溪畔,管理四川的西川节度使一共换了11任,全都和薛涛有诗文来往,都对这位浣花溪畔的奇女子给予极大的尊重。

太和五年(832)一个秋日的黄昏,薛涛永远闭上了她寂寞的眼睛。当时的剑南节度使段文昌为她亲手题写了墓志铭,并在她的墓碑上刻上了"西川女校书薛涛洪度之墓"。

薛涛出身青楼,并没有得到政府的公职任命,没有获得公务员编制。但在职地方最高军政长官,就把薛涛写成了"西川女校书",且昭示天下,这就足能代表大唐士人对薛涛最大的肯定与尊重。无须任命和编制,薛涛就是永远的女校书。

中唐大才子王建有一首《寄蜀中薛涛校书》,印证了薛涛的美誉度。

> 万里桥边女校书,
> 枇杷花里闭门居。
> 扫眉才子知多少,
> 管领春风总不如。

王建没和薛涛密切交往过,王建的水平还入不了薛涛法眼。王建对薛涛那是粉丝对女神的感情。如此无敌的薛涛,怎么会跟元稹有了交集呢?

原来就在元稹的夫人韦丛去世后不久(也有说法是去世前不久),元稹就已经被薛涛的石榴裙征服了。也就是说当元稹满怀深情地写下"曾经沧海难为水"的时候,他已经又找到了新海;当元稹信誓旦旦地说"除却巫山不是云"的时候,他又找到了新云。所以,元稹凭借《离思》感动了全国人民时,他又靠着和薛涛的罗曼史给全国人民上了心口不一的生动一课。

这也是元稹历来为人所诟病的地方。元稹对韦丛的感情应该不是假的,不止一首《离思》,元稹在夫人去世后还写了三首《遣悲怀》来怀念亡妻。这三首《遣悲怀》都是七言律诗,回环往复,荡气回肠,成了元稹诗歌的代表作。

谢公最小偏怜女,自嫁黔娄百事乖。
顾我无衣搜荩箧,泥他沽酒拔金钗。
野蔬充膳甘长藿,落叶添薪仰古槐。
今日俸钱过十万,与君营奠复营斋。
——《遣悲怀·其一》

第一首诗中,元稹写道,妻子是出身名门的千金。韦丛是当朝宰相之女,因欣赏年轻的元稹的才华,下嫁到元家,不辞辛苦和尚未发达的元稹度过了几年饱尝艰辛的生活。

刚娶韦丛的元稹仕途坎坷,穷困得连养家都成问题,以至于相府千金要跟着他野蔬充膳,落叶添薪。他想喝杯酒,都无钱买,要妻子拔下金钗去换酒。这就是"泥他沽酒拔金钗"。前三联都是描写婚后生活的凄惨,最后两句,话锋一转。今日俸钱过十万,劈空而来,让人们一下意识到此时的元稹已经发达,年薪十万。而那可怜的妻子呢?享受到这俸钱十万的好处了吗？

没有，韦丛是元稹的结发妻子，和元稹度过了七年凄惨的生活，等七年后，元稹擢升监察御史，一跃成为年薪十万的中高级干部时，可怜的韦丛病逝了。所以无可奈何的元稹，面对着妻子的灵位，写出了"今日俸钱过十万，与君营奠复营斋"。这十万俸钱，只能给你买些纸钱了。没钱时，妻子和自己吃野菜，收集落叶当柴火。而自己发达后，妻子却只能享受虚无缥缈的纸钱，这是人生莫大的悲凉。元稹写得极为深刻。

> 昔日戏言身后意，今朝都到眼前来。
> 衣裳已施行看尽，针线犹存未忍开。
> 尚想旧情怜婢仆，也曾因梦送钱财。
> 诚知此恨人人有，贫贱夫妻百事哀。
>
> ——《遣悲怀·其二》

这首其二，详细回忆了当年和妻子的点点滴滴。"今朝都到眼前来"，令人身临其境。最后一句"贫贱夫妻百事哀"更是传颂千古，成了多少贫贱夫妻的心灵写照。

元稹成名极早，十五岁就明经及第，有了科举功名。明经考试是唐代科举的一种，考察记忆力，把四书五经等经典放到那里，考官随便指出某书某句，你要背诵出前后段落，一字不能差，其实极为不易。但是唐代的社会风气是重视才华横溢的进士科，而鄙视死记硬背的明经科，这就是大唐对教育的贡献。什么时代的教育要是考查以死记硬背为主，不注重创造思维的培养，那就坏了。估计元稹是没上过所谓的"横中""毛坦厂"那些诡异的应试监狱。逼出一个高分，毁了一代人的创造力，真的做到了"毁人不倦"。

古话说三十老明经，五十少进士，说的是明经难度低，三十岁才考中明经就是老的了。而进士难度大，五十岁考中都属于年轻进士。其实这并不科学，明经科能考上也属于非常不易了。

元稹当然不满意自己只是个明经学历，所以二十五岁考中了进士，和他同年考中的是白居易，从此，元、白结成了终身挚友。后来元稹听说白居易被贬谪到江州，大惊失色，写下了《闻乐天授江州司马》：

> 残灯无焰影幢幢，
> 此夕闻君谪九江。
> 垂死病中惊坐起，
> 暗风吹雨入寒窗。

一句"垂死病中惊坐起"，淋漓尽致地展现了元稹和白居易的友情。

在唐代，考中科举后，还不能直接当官，要再经过铨选，等于公务员考试笔试完了还要面试。铨选通过的才能正式当官，铨选的内容是身、言、书、判四个科目。身就是外貌，长得尖嘴猴腮不像好人的人不行。言就是口才，说不清话那注定当不了官。书就是书法。判就是考办事能力，断案水平。身、言、书、判都通过者才能授官。元稹就是在铨选考试中，身、言、书、判都名列前茅，所以当上了秘书省校书郎。这是个官职低微、俸禄微薄的从九品超小芝麻官，但这是元稹仕途的起点。很有意思，薛涛也差点当上这个官。莫非冥冥中他们二人自有缘分吗？

秘书郎元稹自然不能给妻子韦丛以富足的生活，而成了监察御史的元稹就能够让妻子小康了。可惜贤惠的韦夫人，没有等到元稹飞黄腾达的那一天。

但纵观元稹一生的仕途，虽屡升沉不定，但总体来说是一路向上的。韦丛去世那年，元稹升任监察御史，之后又当到工部侍郎、同平章事，又外放刺史，最后官至检校户部尚书。这里边最重要的一个头衔就是同平章事，同平章事是"同中书门下平章事"的简称，这在盛唐以后就是宰相。初唐时，三省长官比如中书令、尚书仆射都是宰相。但从盛唐之后，三省长官就不是天然宰相了，哪怕就是个副手侍郎只要加挂同平章事衔，就是宰相了。不管什么官职，也只有加这个头衔，才能参与中央决策。中书省、门下省都是中枢机构，会同两个中枢机构共同处理军国大事，这就是同平章事。

元稹当过中枢大员，又担任多个封疆大吏，死在鄂州刺史兼武昌军节度使的任上。死后还被追赠尚书右仆射。唐代实行三省六部制。三省里中书省决策，门下省监督，最掌实权的就是尚书省。尚书省下设工、礼、吏、刑、户、兵六部，执掌全国命脉。尚书省的作用类似今天的国务院。尚书省的长官是尚书令。但这个职位权柄太重，而且太宗李世民当年没即位时就当着尚书令，所以唐代从太宗朝开始，尚书令就出于礼貌不设了。尚书令的两个副职就是左、右仆射。在尚书省能当到的最高职位就是左、右仆射。被追赠这个极高的位置，足见元稹一生的荣耀。

> 闲坐悲君亦自悲，百年都是几多时。
> 邓攸无子寻知命，潘岳悼亡犹费词。
> 同穴窅冥何所望？他生缘会更难期。
> 惟将终夜长开眼，报答平生未展眉。
> ——《遣悲怀·其三》

这第三首《遣悲怀》中，元稹把注定无子的邓攸，和也曾丧妻的潘岳都拿来比较，最后说了一句最经典的话"惟将终夜长开眼，报答平生未展眉。"这是元稹心灵的写照，这三首《遣悲怀》和《离思》一起，构成了元稹对妻子最真挚的怀念。但就在写作《遣悲怀》和《离思》不久，元稹就和浣花溪畔的薛涛，开始了缠绵悱恻的爱情。他并没有把终夜长开眼坚持多久，就安稳地睡在了薛涛的卧榻之上。

元稹的感情经历极为复杂，远不止一个薛涛。

早年元稹进京赶考时，就在路上与一位偶遇的少女缠绵悱恻了许久，并承诺考中后回来迎娶。最终元稹考中了科举，却迎娶了相府千金韦丛。

那位曾经在赶考路上山盟海誓的女孩子，只能被元稹写进回忆录了，元稹对这段感情还是刻骨铭心的，他把这段传奇的感情写成了一部小说《莺莺传》。一经发表就引领了文坛风气，开了唐人传奇小说的滥觞。

张生和崔莺莺的故事，就是元稹的自传。元曲作家王实甫根据这部《莺莺传》又改编成了著名戏曲《西厢记》，至今传唱不衰，只不过王实甫把结尾由张生始乱终弃，变成了大团圆的结局，这就改变了元稹的自传性质。

别看王实甫是戏剧大家，但这种安徒生式的大团圆写法着实俗不可耐。还是元稹霸气，始乱终弃、负心薄幸就是我干的，我都认。我就是很喜欢那个莺莺，我还敢写出来。毫不遮掩，这就是元稹的真性情。

我怀念韦丛就大喊"曾经沧海难为水"；我喜欢薛涛就不管任何舆论压力去大胆地追求薛涛。那元稹和薛涛结局怎么样呢？结局当然是没有结局。元稹答应回来迎娶薛涛，当然是没有办到了,因为薛涛之后,元稹又认识了刘采春。

如果说薛涛身在风尘,元稹和薛涛有一些缠绵悱恻也无可厚非。但刘采春的问题,就不能不让人对元稹的操守产生一些看法了。

首先刘采春是个唱曲的演员,并非妓女。第二,她还是有夫之妇。第三,刘采春没有主动接近元稹,是和丈夫一块组团去元稹府上演出《参军戏》时,被元稹看上,强留在府中的。

《参军戏》是唐代流行的滑稽戏,好像今天的相声剧。刘采春人长得漂亮,嗓子又好,一曲唱罢,元稹就被倾倒。此时的元稹刚刚离开四川到越州上任,或许他的感情还停留在对四川才女薛涛的留恋中,但吴越美女刘采春的出现,让元稹瞬间又有了新的感情寄托。

元稹和刘采春的恋情,确切地说是绯闻,在唐代就传得沸沸扬扬。但大唐的气度从来就是敢爱敢恨,从不惧怕绯闻。元稹的感情是不太专一,但元稹从不掩饰每一段感情。对结发妻子韦丛有《遣悲怀》《离思》,对薛涛有《赠薛涛》,对刘采春有《赠刘采春》,每一首都写得光明磊落,这就是风流成性却从不掩饰风流豪情的元稹。元稹固然风流,但英雄哪个不风流?他不去掩饰,就比那些道貌岸然的伪装者强得多。

> 锦江滑腻蛾眉秀,幻出文君与薛涛。
> 言辞巧偷鹦鹉舌,文章分得凤凰毛。
> 纷纷辞客多停笔,个个公卿欲梦刀。
> 别后相思隔烟水,菖蒲花发五云高。

这首《赠薛涛》中,元稹把薛涛和卓文君并称,说薛涛的口才无与伦比,文章写得远胜官府的幕僚。"凤凰毛"是说薛涛差点就当上了秘书省校书郎,这个官是文人从政的起点,类似今天政府的办公室主任、秘书长。薛涛一直在帮四川节度使处理公文,干的都是秘书长的活,只是没有被任命为女校书而已。

薛涛认识元稹是在元和四年(809),那一年薛涛四十一岁,元稹三十岁,两人相差十一岁,是名副其实的姐弟恋。年过不惑的薛涛,依然光彩照人,她久已沉寂的内心被眼前这位风流倜傥的办案御史吸引了,薛涛坠入爱河,她用自制的十彩薛涛笺,给元稹写诗。元稹更是毫不掩饰对这位四十一岁的传奇女子的爱慕。可惜,案子办完,元稹要调走了,调任江南的越州刺史。元稹的感情虽然有些复杂,但大家要注意,他的政绩是颇为突出的。

元稹的诗歌能在历史上被人传唱,靠的可不是他的风流韵事,而是一身正气和卓越政绩。在古代,人可以有一些风流韵事,但人品和当官做事的良知才是被青史传承的要点。

宋之问的诗歌比元稹的诗歌流传程度小得多，不是文采问题，而是人品问题。元稹要没有巍巍政绩和疾恶如仇的胆量，恐怕他早被划入轻薄浪子一类，被历史摒弃了。

　　元稹早年在朝中就以直言敢谏著称，所以当上了监察御史。这个官是专门得罪人的，要想尽职尽责就必须揭发别人的不法之处，进行弹劾。和一般御史装老好人的态度不同，元稹对于不平之事，往往敢于站出来硬顶。所以元稹的仕途总是上上下下，干一阵监察官，就被撤职。但过一阵，皇上又怀念起元稹的正直，就又起用他。起用不过多久，元稹又弹劾赃官，得罪人多了，就又被调离。这就是当官正直、不畏权贵、天真可爱、风流成性的元稹。

　　元稹离开四川前，信誓旦旦地和薛涛山盟海誓，说自己一到越州任上，安顿好后，就来迎娶薛涛。此时的元稹早已续弦，有了第二位正妻，但他答应娶薛涛为妾已经让薛涛潸然泪下了。只不过薛涛对于这个美好的山盟海誓，应该有一些冷静的思考。毕竟期望越高，失望越大。

　　元稹一到越州，还没等他忘了薛涛，刘采春这位和薛涛同列四大才女的才女就唱着歌出现了。元稹强占刘采春后，据说给了刘采春的丈夫一笔钱，这算什么钱不好说，但一个唱戏的戏子，是无论如何不能拒绝越州最高军政长官元稹的。

　　且来看元稹写的《赠刘采春》：

新妆巧样画双蛾，谩里常州透额罗。
正面偷匀光滑笏，缓行轻踏破纹波。
言辞雅措风流足，举止低回秀媚多。
更有恼人肠断处，选词能唱望夫歌。

之后，刘采春的《望夫歌》被元稹记录了下来，刘采春的诗歌也被收进了全唐诗。

不喜秦淮水，生憎江上船。
载儿夫婿去，经岁又经年。

昨日胜今日，今年老去年。
黄河清有日，白发黑无缘。

这两首小诗，再经刘采春的婉转歌喉一唱，绝对迷倒了元稹。这两首诗写得也非常非常到位，不亚于中唐的大历十才子。由于和元稹有了交集，刘采春的诗歌被载入史册，这不得不说是一个唐代卖唱为生的歌手的幸运。至少，我们领略到了刘采春的诗词，这就是文学史上的宝贵遗产。

遇到了"言辞雅措风流足"的刘采春，元稹就把那个"言辞巧偷鹦鹉舌"的薛涛给忘了。所以薛涛应该对元稹当年迎取自己的海誓山盟有些心理准备，毕竟元稹认识自己时，刚对前妻韦丛发过"曾经沧海难为水"的海誓山盟。元稹经常发誓，又常处处留情，且敢于用诗歌的形式记录每一段真挚的感情，这至少说明元稹光明磊落，爱谁恨谁一目了然，从不遮遮掩掩。

说到元稹，一般评论家都会批评他的风流成性。但风流是大唐才子的通病，算不得什么硬伤。也不能因为元稹写过"曾经沧海"给前妻，就说他又喜欢薛涛是不道德的，毕竟每段感情中，元稹对女方都是倾尽全力地付出。结合元稹在官场的耿直进谏，心系民生，综合判断，元稹是一个至情至性的人。而韦丛、薛涛、刘采春等大唐才女的环绕，更说明元稹的可亲、可爱。

清朝人蘅塘退士夫妇，在家闲来无事，有一天夫妻两人闲话，说为了更好地教育下一代，咱们编一本唐诗选吧。于是说干就干，两口子认真编选，去粗取精，去伪存真，最终选定310首，这就是现在最流行的唐诗选本《唐诗三百首》。关于唐诗的选本非常多，在蘅塘退士那个年代也有不少选本，但一经蘅塘退士的选本出版，就再没人看其他选本了，蘅塘退士夫妇对于唐诗普及的贡献，名垂青史，功不可没。

蘅塘退士在评论元稹的《遣悲怀》三首时指出："古今悼亡诗充栋，终无能出此三首范围者，勿以浅近忽之。"这样的赞誉，元稹这三首诗当之无愧。蘅塘退士学贯古今，怎么可能不知道元稹的爱情经历呢？仍能给他以极高的赞誉，这就说明蘅塘退士也是心仪元稹，在尊重元稹为官正气的分上，容忍他不拘小节了。

恨不相逢未嫁时
—— 张籍

> 洞房昨夜停红烛，
> 待晓堂前拜舅姑。
> 妆罢低眉问夫婿，
> 画眉深浅入时无？
>
> ——《闺意献张水部》

这是一首脍炙人口的诗歌，字面意思是新婚少妇，怀着忐忑之情等待拜见公婆时的场景。古时称公婆为舅姑。

这是中唐诗人朱庆馀的成名作。朱庆馀是越州（今浙江绍兴）人，宝历二年（826）进士，只不过这首成名作却不是用来描写初婚少妇的。当时的朱庆馀还是来京求取功名的士子，考试完后，焦急地等待放榜。这和今天参加公务员考试后焦急等待出结果的大学生是一个心情。在唐朝科举中，是有考查到作诗能力的。白居易的名句"离离原上草"就是应试诗。所以说唐朝是一个诗人可以尽展才华的国度。

朱庆馀对于自己的成绩不是很有把握，他焦急地想探听一下消息，看看自己考得如何。这种事当然不方便明着问，只能隐晦地打探，而最婉转的打探方法就是写诗。

于是朱庆馀写下了这首《闺意献张水部》，递交给了大名鼎鼎又奖掖后进的张籍。

"洞房昨夜停红烛"就是说我刚参加完考试；"待晓堂前拜舅姑"就是说正在焦急地等待朝廷的挑选；"妆罢低眉问夫婿"就是我委婉地问一下您张籍张大人；"画眉深浅入时无"就是问我考得还行吗？

张籍看诗后大喜，本就知道朱庆馀的诗好，看了这四句更是感觉很好。怎么回复这位焦急等待成绩的年轻人呢？张籍毕竟是名满中唐的大诗人，他决定也回朱庆馀四句诗。

越女新妆出镜心，
自知明艳更沉吟。
齐纨未是人间贵，
一曲菱歌敌万金。

第一句是说你答得很好,像越女新装一样漂亮。第二句是说你很谦虚,有点不自信,还来向我打探消息。最后两句直接告诉朱庆馀放心吧,"一曲菱歌敌万金"。朱庆馀果然高中,后来官至秘书省校书郎。他在文学史上还写出了著名的《宫词》:

> 寂寂花时闭院门,
> 美人相并立琼轩。
> 含情欲说宫中事,
> 鹦鹉前头不敢言。

一句"鹦鹉前头不敢言"道尽了深宫千年的闺怨。

朱庆馀和张籍这一问一答两首诗,也载入了文学史,成为一段佳话。其实在唐朝,以诗明志不在少数,以诗来拒绝一些难以拒绝的事情也是个很好的选择。西晋时,晋武帝司马炎意在请前蜀汉名将李密出山为我所用。李密作为亡国之臣,对此十分冷淡。但皇命难违,公开拒绝不行,所以写了一篇《陈情表》,把自己的祖母刘老太太抬了出来,先拿一句"圣朝以孝治天下"作为本文核心,然后历数祖母刘日薄西山,气息奄奄。臣和祖母,茕茕孑立,形影相吊。一旦离开,祖母性命不保,你晋武帝好意思让我不孝吗?最后让司马炎都必须恩准:你就在家伺候奶奶吧,甭来当官了。于是李密靠一篇文章拒绝了皇帝的圣旨,还千古留名了。

还说唐朝,张籍也遇到了一次不好拒绝的邀请。当时的大唐,已是安史之乱后,地方藩镇林立。藩镇就是军阀割据的政权,名义上归附中央,实质上相当独立,甚至自行世袭,自行任免官吏。不但如此,还公开拉拢在朝为官的有名望的士大夫为己所用。

当时最为炙手可热的一位藩镇首领应该算是东平节度使李师道了。他有感于张籍的名声,就拉拢张籍为藩镇所用,许以荣华富贵、高官厚禄。坦率地说,张籍在中央政权里官职并不算高,也没有很受重用,这也是藩镇领袖拉拢他的重要原因。如果单纯追求个人荣华,张籍肯定就去了。

例如晚唐屡试不第的罗隐,最终就放弃了科举,也抛弃了中央政权,依附了吴越藩镇领袖钱镠,成就了自己的官爵与仕途。但张籍是出身韩愈门下的学者,老师拥护中央、贬抑藩镇的决心让他深受感动,所以自己断不会为了个人荣华而去依附自立为王的藩镇。

但李师道当时不但是称霸一方的节度使,还挂有检校司空、同中书门下平章事等大得吓人的头衔,是连皇上都要敬他三分的人物,所以如何婉拒李师道的邀请,就成了要极为慎重的问题。直接拒绝不行,想来想去,用诗来婉拒最好。

于是张籍写下了这首《节妇吟·寄东平李司空师道》:

君知妾有夫，赠妾双明珠。

感君缠绵意，系在红罗襦。

妾家高楼连苑起，良人执戟明光里。

知君用心如日月，事夫誓拟同生死。

还君明珠双泪垂，恨不相逢未嫁时。

此诗借节妇婉拒帅哥追求的爱情故事，委婉地表明自己不去藩镇，誓报中央的态度。单看表面完全是一首抒发男女情事之言情诗，骨子里却是一首政治抒情诗，题为《节妇吟》，即用以明志。

前两句说你明知我有夫还要对我用情，这是不合礼法，违反道德的。语气中带微词，含有谴责之意。这里的"君"，喻指藩镇李师道，"妾"是自比，十字突然而来，直接指出师道的别有用心。

接下来诗句一转，说道：我虽知君不守礼法，然而又为你情意所感，忍不住亲自把君所赠之明珠系在红罗襦上。这样一写也给足了李师道面子，不至于让这个土皇帝太过难堪。

继而又一转，说自己家的富贵气象，良人是执戟明光殿的卫士，身属中央。古典诗词，传统的以夫妇比喻君臣，这两句意谓自己是忠于大唐的官员。

紧接两句作波澜开合，感情上很矛盾，思想斗争激烈：

前一句感谢对方，后一句斩钉截铁地申明己志，誓与丈夫同生共死。

最后以深情语作结，一边流泪，一边还珠，言辞委婉，而意志坚决。

"还君明珠"就是拒绝你的邀请，给我多少好处，我也"事夫誓拟同生死"。作者以极高的才华写就了这首非常巧妙的双层诗，表明了忠臣不事二主的春秋大义，也不至于让李师道大司空过于难堪，收到了和李密《陈情表》一样的整治效果。张籍成为了忠臣的典范，这首诗也载入了文学史。

结尾一句"恨不相逢未嫁时"更成了流传千古的名句。

寸草春晖——孟郊

在中唐时期，国势经过安史之乱，确实是衰败了不少。但这一时期的大诗人却并不逊色于盛唐。

孟郊，字东野，湖州武康人，武康就是今天浙江省德清县的县城武康镇。祖籍在山东德州，唐代著名诗人，生活清苦，少年时期长期隐居嵩山。孟郊的求官之路非常坎坷，两次参加进士考试都名落孙山，大家了解唐代大诗人多了，就会发现，应试教育是考查不出文采风流的。孟郊还算幸运的，在科举之路上摸爬滚打，四十六岁时终于中了进士。

昔日龌龊不足夸，
今朝放荡思无涯。
春风得意马蹄疾，

一日看尽长安花。

——《登科后》

这首诗，就是孟郊中进士那一年，心头狂喜，写下的千古名篇。昔日的龌龊，就是说贫困时的种种不得意，都是难以言表的。所以叫"不足夸"，混得那么凄惨还夸什么呢？大家都知道一个有名的桥段就是《儒林外史》里的范进中举，范进全家饿得头昏眼花，他抱个家里唯一的老母鸡去集市上卖，这就是那时读书人未考中功名前的龌龊状态。"龌龊"不是贬义，而是客观描写。因为古代是农业社会，要想致富只有多耕地，多打粮。而读书人四体不勤，五谷不分，唯一出路就是读书考官，考上了自然成了不用耕田的官僚阶层，那没考上的，空读了几卷书，又没有体力去耕地，还真不如农民过得滋润，所以古代对于没有功名又屡试不第的读书人都鄙视为"穷秀才"。

孟郊当了几十年穷秀才，尝尽了范进式的人情冷暖和世态炎凉，所以一朝考上进士，孟郊的狂喜溢于言表。范进中了个举人就能乐疯了，孟郊中的是进士，所以他说了个"春风得意马蹄疾，一日看尽长安花"，对照范进，孟郊还算矜持的。

孟郊中进士后，如愿步入仕途。唐朝进士的起点官职，一般是个八九品的下级小官——县尉，可以理解为副县令。县尉官职低微，任务却不少，高适当年也干过县尉，"拜迎长官心欲碎,鞭挞黎庶令人悲"这两句诗就是县尉日常工作的经典表述。对上阿谀奉承,要拜迎长官;对下要横征暴敛,要鞭挞黎庶。这种人格分裂的工作模式,高适受不了,辞官不做了,孟郊同样受不了。因为读书人都是有自尊和良知的,拜迎长官伤害自尊,鞭挞黎庶伤害良知,既伤自尊又损良知,所以陶渊明会弃官归隐,孟郊也经常旷工。县令没办法,就找了个临时工来代理孟郊的职务,把孟郊的俸禄拿出来发给带班的临时工。孟郊就这样度过了他的早期公务员生涯。历史记载了四个字叫"公务多废"来形容孟郊的县尉生活。孟郊那些反映民生疾苦很接地气的诗歌,就是在这"公务多废"的时期写出来的。

　　长期仕途的不得意,成就了孟郊很接地气的诗歌,他的诗歌境界更加开阔,题材更加生活化,遣词造句非常讲究,不轻易下笔,一定是反复斟酌,所以也是苦吟派的代表人物。孟郊的诗超出了中唐大历、贞元年间那些狭窄的题材范围,主要以下层读书人的视角去反映民生之艰难,也书写愤懑不得志之情,这是他屡试不第、仕途艰辛、中年丧子等遭遇换来的风格。孟郊能透过个人的命运看到更广阔的社会生活,并以诗来反映这些生活,这是孟郊最为人称道的地方。《寒地百姓吟》《织妇词》深刻揭露了人际关系中的丑恶现象,尖锐地抨击了贫富之间的不平等,特别是把作者的心灵体验和诗中主人公互动结合,给读者以切身感受。如《寒地百姓吟》中"寒者愿为蛾,烧死彼华膏",这是可以和杜甫"朱门酒肉臭,路有冻死骨"相提并论的伟大名句。孟郊还关注了人性中最本真的亲情,《游子吟》寥寥数笔,写出千古唏嘘的母子之爱,孟郊绝对属于是中唐一流大诗人。

> 无火炙地眠,半夜皆立号。
> 冷箭何处来,棘针风骚骚。
> 霜吹破四壁,苦痛不可逃。
> 高堂搥钟饮,到晓闻烹炮。
> 寒者愿为蛾,烧死彼华膏。
> 华膏隔仙罗,虚绕千万遭。
> 到头落地死,踏地为游遨。
> 游遨者是谁?君子为郁陶!
>
> ——《寒地百姓吟》

在这首诗中孟郊的心已经和那些寒夜里无处可逃、冻得半夜站起来哀号的百姓们连在一起。"无火炙地眠,半夜皆立号。""霜吹破四壁,苦痛不可逃。"这句句看来都是血,孟郊本身就是个寒士,那半夜被冻起来哀号的惨状孟郊有着切身的体会。百姓这么苦,豪门大户在干什么呢?"高堂搥钟饮,到晓闻烹炮。"彻夜寻欢作乐,百姓发出了最强的诅咒——"寒者愿为蛾,烧死彼华膏。"大唐王朝的败象已经在孟郊的诗中显现。

  孟郊的才华还是有伯乐来发现的，德高望重两次拜相的郑余庆，时任河南尹。这可是个实权的大官，郑余庆发现了孟郊的德行和才华，就给孟郊调动了一下岗位，把他调到了洛阳，当了水陆运从事，孟郊此时才算温饱。郑余庆是孟郊的伯乐。郑余庆为什么欣赏贫寒的孟郊呢？因为郑余庆本身也是青史留名的清官，他位高权重，两朝元老，却清廉节俭刚正不阿。"烂蒸葫芦"的典故就是他创造的。某次郑余庆宴请同僚和手下吃饭，客人都来了，郑余庆吩咐厨房并对仆人道："去告诉厨师，要蒸烂去毛，别把脖子折断了。"客人们都认为一定是清蒸鹅鸭一类的大餐，口水直流，但到吃饭时才发现，每人面前只有一个蒸熟的葫芦瓜，加一盘酱油醋。蒸烂去毛，脖子别断，说的是长条葫芦。从此"烂蒸葫芦"成了成语，用以说明清白节俭。

  后来这位郑余庆大人任兴元尹时，又提拔孟郊为兴元军参谋，试大理评事。可惜孟郊上任途中病死，终年六十四岁。孟郊苦难而平凡的一生，为我们留下了太多文学宝藏。

> 慈母手中线，游子身上衣。
> 临行密密缝，意恐迟迟归。
> 谁言寸草心，报得三春晖。
> ——《游子吟》

子女那一棵小草般的心，怎么去报答母亲如三春温暖关怀的爱？孟郊的一首《游子吟》，令古往今来的游子落泪，令古往今来的母亲动情，这就是孟郊。

孟郊仕历简单，清寒终身，为人耿介倔强，死后由关照他一生的郑余庆买棺殓葬于洛阳之东。诗多写世态炎凉、民间疾苦。孟郊现存诗歌574首，以短篇的五言古诗最多，代表作有《游子吟》。今传本《孟东野诗集》10卷。有"诗囚"之称，足见孟郊对诗歌的用力，与贾岛齐名，人称"郊寒岛瘦"。

> 孟郊死葬北邙山，
> 从此风云得暂闲。
> 天恐文章浑断绝，
> 更生贾岛著人间。
>
> ——《赠贾岛》

这是韩愈写过的一首诗，提到了孟郊和与之齐名的贾岛，算是给孟郊盖棺定论了，孟郊一死，日月星辰没有了诗人来吟咏，一下都觉得闲了起来。孟郊能得韩愈如此高论，必定含笑九泉。没了孟郊，苍天怕文采风流没了延续，就又把贾岛生在了人间，让贾岛去继续沿着孟郊扎根生活、关怀民生的苦吟之路走下去，让唐诗的精神继续流传。

苦吟诗人——贾岛

二句三年得，

一吟双泪流。

知音如不赏，

归卧故山秋。

——《题诗后》

这一首诗，是贾岛对自己苦吟风格的写照。两句诗用了三年才写出来，反复修改，其间的艰辛异常难忘，所以叫"一吟双泪流"。"这三年得到的名句，如果知音不能欣赏，我不如回到深山，再不出来。"这就是贾岛对诗歌的极端追求，贾岛就是这样一个人。

贾岛，字阆仙，人称"诗奴"，与孟郊共称"郊寒岛瘦"，孟郊是"诗囚"，他是"诗奴"，可见这两位诗人对诗歌的追求之深。贾岛是河北道幽州范阳（今河北省涿州市）人，自号"碣石山人"，早年为僧时曾云游河北多地。据河北衡水市景县县志记载，在县城附近，有一处贾岛待过的庙宇，早已荒废。贾岛老家范阳是河北重镇，属于安禄山、史思明起兵的大本营地区。安史之乱后，唐朝政府无力管控河北，藩镇长期割据这一带，这一带的政治、民生基本和唐朝处于半隔离状态。

贾岛出身贫寒，早年寄身佛门，后来游历四方，遇到韩愈，文采才被韩愈这位文坛领袖赏识，听从韩愈的建议还俗。还俗后追求科举，屡试不第，在垂暮之年才混了个长江县主簿，这个主簿比县尉还小，更没什么意思，贾岛还屡被排挤，在好友孟郊和伯乐韩愈相继去世后，不久也病逝。

贾岛在元稹和白居易之后兴起，当时的文坛，都崇尚"元白"开创的平白浅易的诗风，特别是白居易，尤为提倡写诗如白话。贾岛在这种大风气下，受他多年出家的寺院生活影响，形成了孤寂冷僻的性格，坚持苦吟，坚持用生僻幽冷的词句来写诗，追求古硬奇绝的风格，独树一帜。

闲居少邻并，草径入荒园。
鸟宿池边树，僧敲月下门。

过桥分野色,移石动云根。

暂去还来此,幽期不负言。

——《题李凝幽居》

  这首诗是贾岛的代表作,其中"鸟宿池边树,僧敲月下门"更是"推敲"这个千秋典故的出处。贾岛当时还是僧人,吟出两句"鸟宿池边树,僧推月下门"。又觉得"推"字不好,改用"敲"。但究竟是"僧敲月下门",还是"僧推月下门",贾岛纠结了,纠结得十分难受,反复苦吟,达到了废寝忘食、心无旁骛的境界。就在贾岛沉浸在"推"还是"敲"的纠结中时,他没有看到迎面而来的大官仪仗队。唐代百姓见官是要避让的,特别是这种有仪仗的大官,能躲多远就躲多远。贾岛不但没躲,还撞了上去,直到被仪仗队的卫兵抓了,还在研究"推"和"敲"。仪仗里的大官正是韩愈,韩愈问明缘由也笑了,不但不怪罪贾岛,还参与到了"推"或者"敲"的分析中。最后韩愈拍板,"推"没有动静,"敲"更有生活。这句诗就定了是"僧敲月下门"。贾岛和韩愈研究"推"和"敲",最终形成了"推敲"这个典故。

  贾岛的苦吟之废寝忘食、心无旁骛还有一个故事,就是这首诗:

闽国扬帆后,蟾蜍亏复圆。

> 秋风生渭水，落叶满长安。
>
> 此地聚会夕，当时雷雨寒。
>
> 兰桡殊未返，消息海云端。
>
> ——《忆江上吴处士》

贾岛当时骑着驴，旁若无人地在大街上走，秋风吹，落叶下，贾岛脑中忽然想到一个好句子，就是"落叶满长安"。这一句是千古名句，可是贾岛一时想不到上联。苦吟诗人又开始了纠结，纠结中，就把京兆尹刘栖楚的仪仗队又给冲撞了，贾岛好像是职业冲撞大官的，这仕途必然不顺啊。刘栖楚没有韩愈那么大度，就关了贾岛一晚上，很快就放了，贾岛后来终于得到了这一联"秋风生渭水，落叶满长安"。

贾岛这首诗知名度不是很高，但"落叶满长安"这一句的知名度非常大。大家背诗还是要多背，不能光关注"李杜白"，贾岛这种大诗人同样值得我们重视。

贾岛除了苦吟之外，往往还有一种气冲牛斗的剑气在诗中。贾岛用这把倚天长剑，来劈空破浪。

> 十年磨一剑，
>
> 霜刃未曾试。
>
> 今日把示君，
>
> 谁有不平事？

这就是贾岛的《剑客》。贾岛一个文人，却有一种剑客的豪情，"谁有不平事？"贾岛就有大不平，一身才华，却屡受打压。其实别说贾岛，贾岛的伯乐韩愈又怎么样？才华不是更大？打压不是更多？这首《剑客》冲天而出的就是贾岛性格中的锋芒，太久的压抑，让贾岛在这首诗中，拔出了倚天长剑。

贾岛对于权贵，有着清醒的认识，特别是中晚唐以下，科举之路荆棘丛生，没有高官权贵的保举和提携，要想凭实力考中进士，真是难上加难。没有权贵背景资源，即便考中进士，也不过和孟郊一样在县尉的风尘末吏岗位上郁郁终生。贾岛屡试不第，还不如孟郊幸运。某次贾岛落第后经过一处豪宅，一看是当朝宰相裴度的庭院。吟道：

破却千家作一池，
不栽桃李种蔷薇。
蔷薇花落秋风起，
荆棘满庭亭自知。

——《题兴化寺园亭》

裴度是中唐的几朝重臣，颇有平叛大功，封爵是晋国公，当然很奢华。贾岛从不把这些权贵放在眼里，他蔑视权贵，自然也得不到权贵的青睐。但贾岛站在平民立场发出的呐喊却穿透历史的尘埃令我们警醒。"破却千家作一池",豪门的一个池塘,是强买强拆了千家百姓的蜗居造就的。这种思考和批判,不是简单的寒士发发落第的牢骚。"不栽桃李种蔷薇",是说裴度这样的当朝重臣,不能选贤与能,提拔了一些表面好看却心中带刺的蔷薇,等秋风过后,只剩满庭的荆棘。"蔷薇花落秋风起,荆棘满庭亭自知。"这两句诗就是大唐的结局剧透,伟大的诗人就是伟大的预言家,预言的准确在于扎根底层的思考,在于饱经沧桑的才华。

　　贾岛就是这样一位扎根底层的被韩愈赏识的一路苦吟的真正的诗人。

傲睨天下的一代文宗——韩愈

在中唐，没有谁像韩愈这样可以改变一个时代的文风，也没有谁可以像韩愈这样，奖掖那么多年轻人。韩愈的诗文达到了一个高峰，令后人不断景仰。

> 李杜文章在，光焰万丈长。
> 不知群儿愚，那用故谤伤？
> 蚍蜉撼大树，可笑不自量。
> 伊我生其后，举颈遥相望。

这首《调张籍》是韩愈抒发志向、向群小宣战的豪言。群小嫉贤妒能，连李杜都敢诋毁，却不知你们都是蚍蜉撼树，不自量力。通过这首诗，我们大概能看到韩愈敢爱敢恨、敢作敢当的耿直精神和傲睨天下的一代文宗的霸气。

韩愈，河南河阳人，就是杜甫《石壕吏》中老妇对抓壮丁的悍吏所说"急应河阳役，犹得备晨炊"的那个河阳（今天的孟州）。但是韩愈很有意思，他是河南人，却一定要说自己是河北人，因为河北秦皇岛的昌黎县，是韩姓的郡望。郡望就是那里有某个姓氏名门望族。昌黎的韩家是望族，韩愈这个河南人，就专门说自己是昌黎人，所以韩愈就成了韩昌黎。这在唐朝是很流行的叫法，称呼人的时候都称呼郡望，这样显得尊敬。

韩愈从小孤苦伶仃，3岁丧父，由兄嫂抚养，不久兄长又去世，韩愈在寡嫂照看下刻苦攻读，可是连续三次科举都名落孙山，求人推荐又失败，郁郁不得志的韩愈咬紧牙关，继续刻苦攻读，第四次应考终于考中进士，时年24岁。古时的进士比今天的研究生难考多了，几年才考一次，录取比例又极低，没有扩招和调剂，所以性质也大不一样。进士考中后可以当官，研究生考中后还是学生，只不过有了一个继续交学费的资格。就在韩愈考中进士后，韩愈的嫂子郑夫人去世，韩愈专程回乡，为嫂子守孝居丧。

韩愈做过两任节度推官，累官监察御史。推官是掌管刑狱和案件审判的官员，类似于今天的检察官、法官。唐朝的节度使、观察使、团练使、防御使、采访处置使下边均设置推官。推官官职不高，但处理的都是涉及民生的官司和案件，韩愈能干两任推官，还颇有政绩，证明韩愈思路清晰，又勤于实务，不是纸上谈兵的秀才。长期的推官生活使韩愈大量接触民间，这对韩愈的诗风形成了很重要的影响，韩愈写诗和写文章都追求言之有物，反对空洞的辞藻。

后来韩愈起起伏伏，任过很多职位，到了元和十二年（817），韩愈迎来了人生一大机遇。淮西的军阀吴元济叛乱，朝廷对于藩镇割据虽然已尾大不掉难以制约，但名臣裴度时任同中书门下平章事，主张对太过分的藩镇将领实行铁腕镇压，以维护朝廷权威。唐宪宗就任命裴度率军去征讨淮西之乱。

韩愈在军前结合形势，果断献计：不必大军对垒，只需派精兵千人，从小路突入蔡州，必能擒拿毫无准备的吴元济。裴度对于这种冒险的打法还有所犹豫，正在犹豫中，军报传来：邓州刺史李愬已从文城（今河南唐河）提奇兵一支杀到蔡州，趁着茫茫大雪之夜，生擒了叛军头子吴元济，一举平定了淮西之乱。战后李愬以功拜检校尚书左仆射，兼襄州刺史、山南东道节度、八州观察使、上柱国，封凉国公。这个不世之功本来是韩愈的，三军谋略之士，无不为韩愈惋惜。

韩愈本人没有纠结于个人是否立功，而是以国事为重，对裴度继续献策：朝廷凭借平定淮西的声威，跟着吴元济叛乱的镇州王承宗可用言辞说服，不必用兵。不战而屈人之兵才是善之善者也。裴度深以为然，韩愈就派人给王承宗带信，晓以利害。王承宗果然慑于兵威，上表献上德、棣二州，臣服了朝廷。韩愈随裴度回朝，因功授职刑部侍郎，宪宗便命他撰写《平淮西碑》，就因为这个碑，韩愈还得罪了大将李愬。因为韩愈在碑文中很大篇幅叙述了裴度的功绩。率先进入蔡州生擒吴元济的李愬对韩愈所写愤愤不平。李愬之妻入宫尽述说碑词与事实不符，宪宗便下令磨掉韩愈所写碑文，命翰林学士段文昌重新撰写刻石为碑。这对韩愈这个文人是个沉重的打击，韩愈秉笔直书，还得罪了当红的大将李愬。韩愈不是政客，而是耿直的文人，韩愈发起的古文运动，倡导言之有物的文风，引领了一个时代的潮流。韩愈对春天的观察尤为细致，围绕春的题材，写了很多脍炙人口的绝句。

> 天街小雨润如酥，
> 草色遥看近却无。
> 最是一年春好处，
> 绝胜烟柳满皇都。

这首《早春呈水部张十八员外》是韩愈当吏部侍郎时写给同僚张籍的，堪称早春咏怀的代表作。"草色遥看近却无"，道尽了春草似长非长的可爱样子。再来看韩愈写的《晚春》：

> 草木知春不久归，

百般红紫斗芳菲。
杨花榆荚无才思,
惟解漫天作雪飞。

"杨花榆荚无才思",只知道漫天飘散,这是韩愈对生活的观察,也是绝妙的比喻。

新年都未有芳华,
二月初惊见草芽。
白雪却嫌春色晚,
故穿庭树作飞花。

这首《春雪》用灵动又直白的语言,勾勒出春天雪花的活泼可爱,韩愈的绝句就是这样动人。韩愈可不光写绝句,他的长篇叙事诗,更是为人称道。来看韩愈的代表作《山石》,这是一首长诗,韩愈用写文章的手法按时间顺序写了这首长诗,与其说是诗,不如说是记叙文,可它又不是记叙文,它是诗,这首《山石》是韩愈以文为诗的典范之作,收进了清朝蘅塘退士夫妇选编的流行启蒙教材《唐诗三百首》。

山石荦确行径微,黄昏到寺蝙蝠飞。
升堂坐阶新雨足,芭蕉叶大栀子肥。

僧言古壁佛画好，以火来照所见稀。
铺床拂席置羹饭，疏粝亦足饱我饥。
夜深静卧百虫绝，清月出岭光入扉。
天明独去无道路，出入高下穷烟霏。
山红涧碧纷烂漫，时见松枥皆十围。
当流赤足踏涧石，水声激激风吹衣。
人生如此自可乐，岂必局束为人鞿？
嗟哉吾党二三子，安得至老不更归。

这首诗就是一部电影，是一篇记叙文：

黄昏我来到山寺，山石崎岖纵横，蝙蝠乱飞。僧人告诉我墙壁上的佛画很好，我拿火照了半天什么也没看见。僧人摆上来的斋饭虽然都是粗茶淡饭，但是能填饱我的肚子。半夜极为寂静，我看到月光透过窗扉。

大家看，这每一句诗歌就是一句作文，文章和诗歌本就是一家，韩愈以文为诗打通了这种界限。所以韩愈是古文运动的开创者，韩愈被列为"唐宋八大家"之首。

韩愈的诗歌和文章都极好，但当官似乎太耿直了一些，当年为了裴度得罪了李愬，后来直接和皇帝干了起来。唐宪宗信佛，要迎请佛骨来供奉，韩愈就耿直地上表，批评皇帝迷信反而会短命，这对笃信佛教且怕死的唐宪宗来说是不可原谅的，所以韩愈早晨上了奏章，晚上就被贬到八千里外了。

> 一封朝奏九重天，夕贬潮州路八千。
> 欲为圣明除弊事，肯将衰朽惜残年！
> 云横秦岭家何在？雪拥蓝关马不前。
> 知汝远来应有意，好收吾骨瘴江边。
>
> ——《左迁至蓝关示侄孙湘》

　　这首诗，是韩愈记述这次谏迎佛骨的一首名作。"一封朝奏九重天，夕贬潮州路八千。"说得极为生动。我是为了圣明的朝廷能够兴利除弊，怎么会明哲保身呢？"云横秦岭"，"雪拥蓝关"，实在凄惨，一代忠臣去国离乡实在令人唏嘘。韩愈的侄孙韩湘赶来送行，韩愈料定到八千里外的潮州将是九死一生，所以说"好收吾骨瘴江边"。今天的潮州，是广东珠三角经济发达地区，人人向往，可在唐朝，那里还是烟瘴之地，去了就九死一生。这位赶来送韩愈的韩湘被人传说成了八仙之一的韩湘子，估计也是因为韩愈名声太大，韩愈的亲属，人们就愿意让他成仙吧。

　　唐宪宗不是昏君，生气过后就冷静了，后来给韩愈换了地方，又调回长安，晚年官至吏部侍郎，主管干部任用，是实权派。韩愈于长庆四年（824）去世，年五十七，追赠礼部尚书，谥号"文"，所以韩愈被称为韩文公。韩愈一生官运总体来说还算顺当，官也不小。虽屡受打击，但大体说得到了皇帝的信任，韩愈一直是当时的文坛领袖，力所能及地奖掖后进，贾岛、孟郊、李贺等青年才俊未发达时，都得到过韩愈的推荐和鼓励。到了宋朝元丰年间，宋神宗追封韩愈为昌黎伯，并从祀孔庙。韩愈在死后几百年当上了追封的伯爵，还能陪着孔圣人一起享受后人供奉，这是读书人莫大的哀荣。尽管韩愈本人不知道，但至少说明后人对韩愈的无比崇敬。

郁闷的"诗鬼"——李贺

李贺，字长吉，河南福昌人，福昌就是洛阳一带，是处在中唐向晚唐过渡时期的大诗人，因为家居福昌昌谷，后世称他李昌谷。李贺一生穷困，但他确实出身名门，是唐高祖李渊的叔叔、大郑王李亮的后裔。只不过这个宗室血脉太遥远，不管用了，只能让李贺有一种骨子里的贵族自豪感，别的没什么实际用处。

年少的李贺，在一个困顿之家饱经忧患，但才华横溢，很早就显示出过人的文采。李贺早在七岁时，就遇到过来访的韩愈，当着韩愈面奋笔疾书，作诗给韩愈看，很早就获得了韩愈的赏识。

李商隐也非常欣赏李贺，后来给李贺写过《小传》，记载了李贺写诗的用心。"恒从小奚奴，骑巨驴，背一古锦囊，遇有所得，即书投囊中，及暮归，太夫人使婢受囊出之，所见书多，辄曰：'是儿要当呕出心乃已耳！'"

骑着大驴，背个破包，到处寻找灵感，随笔写几句就扔到包里，晚上回去打开包一看，都是诗句。家里的老太太都心疼道："这孩子要把心呕出来才算完啊！"

正因为李贺这样焚膏继晷地写诗，呕心沥血地苦吟，加上仕途的残酷打击，所以二十七岁就去世了。

李贺和唐朝读书人一样，都追求在仕途上发展，治国平天下，但是仕途要开始就得科举，李贺的科举之路还不是一般的惨，别人是考不上的郁闷，李贺郁闷的是根本就不让他考。

李贺参加科举时，是受了韩愈的鼓励。李贺拿着自己的名作《雁门太守行》给韩愈，韩愈叹为奇才，鼓励李贺走科举正路来获取功名，报效朝廷。李贺也信心满满。就在李贺进京赶考时，却遭到举报，说他去世的爸爸叫李晋肃，有一个晋字，和进士的进同音，这就得避讳，就不能考进士科举，永远不能考，因为不能和爸爸的名字相同，要守孝道。避讳既是规定又是社会道德要求，李贺无可奈何地放弃了科举。其实这根本就是妒忌李贺的小人在胡说八道，无理取闹。避讳说的是人名不要重复，李晋肃和进士有什么关系？那要是一个人的爸爸叫某某凡，那子孙后代是不是为了避讳就要不吃饭了？可我们这样聊没事，因为我们不需要避讳，小人也没攻击我们，小人盯着的是才华横溢又受韩愈赏识的李贺。韩愈专门写了文章为李贺辩解，希望李贺能够参加考试，但没用，李贺最终不被录取，断了功名之路。我们来看看李贺拜见韩愈的这首《雁门太守行》：

> 黑云压城城欲摧，甲光向日金鳞开。
> 角声满天秋色里，塞上燕脂凝夜紫。
> 半卷红旗临易水，霜重鼓寒声不起。
> 报君黄金台上意，提携玉龙为君死！

这首诗中，点题的两句是"报君黄金台上意，提携玉龙为君死！"黄金台在河北，就是燕昭王招揽乐毅的地方。燕昭王这位春秋战国时伟大的燕国国君，筑起一座黄金台，延揽天下英才，礼贤下士，不拘一格地提拔重用英才。出身低微的乐毅，就是看到黄金台，才来燕国应聘，被燕昭王委以重任的。后来乐毅带着燕国大军一举攻破了齐国，使燕国国力达到了鼎盛，报答了燕昭王的知遇之恩，这叫"报君黄金台上意"。后来燕昭王去世，后继之君解除了乐毅的兵权，齐国很快东山再起，燕国国势一蹶不振。可见人才能否得到重用，是一个国家能否崛起的关键。李贺无疑是个人才，有着吞吐天下的志向，但没有燕昭王用黄金台来招揽他，这和初唐的陈子昂"念天地之悠悠，独怆然而涕下"是同一种悲凉和豪迈。

李贺长期受到压抑，考科举又被小人陷害不能报名，最后郁郁而终。在他一生短短的二十七年间，创作了很多奇伟瑰丽、震撼古今的名作。比如这首选进高中语文课本的《李凭箜篌引》：

> 吴丝蜀桐张高秋，空山凝云颓不流。
> 江娥啼竹素女愁，李凭中国弹箜篌。
> 昆山玉碎凤凰叫，芙蓉泣露香兰笑。
> 十二门前融冷光，二十三丝动紫皇。
> 女娲炼石补天处，石破天惊逗秋雨。
> 梦入坤山教神妪，老鱼跳波瘦蛟舞。
> 吴质不眠倚桂树，露脚斜飞湿寒兔。

箜篌，是古代的弦拨乐器，有横有竖。李凭的箜篌二十三丝，应该是竖箜篌。李凭是当时一流的音乐家，不止李贺写过李凭弹箜篌的高超琴技，唐代其他诗人的诗中也提到过李凭。在唐代，音乐家和诗人往往是至交好友。如杜甫和演唱家李龟年，高适和音乐家董庭兰（董大），李贺和李凭。李贺在欣赏李凭的箜篌弹奏时，优美的乐音打动了李贺的情思，李贺那经天纬地的奇绝想象一发不可收拾。

"吴丝蜀桐"说明箜篌的材质不一般，也衬托演奏者的不一般。"空山凝云"是环境，李凭的琴声是重点。娥皇女英这些神女听了也为之动容，只因为这是李凭在弹箜篌。开篇四句用环境和人物的衬托层层递进，把李凭和箜篌的魅力整体呈现在我们面前，后边是具体写李凭弹箜篌的魅力。

用诗歌来写音乐是最难的，因为乐曲无法用文字来直接表述，只能通过比喻等修辞把音乐之美呈现给读者，但稍一把握不准，就会失去音乐和诗歌双重之美。李贺非常成功地用文字形容出了音乐。"昆山玉碎""凤凰叫""芙蓉泣""香兰笑"这些极为玄幻的声音不正是李凭弹箜篌的声音吗？连紫皇这些神仙君主都为之震撼，何况凡人？女娲、神妪，这些神仙都在感叹李凭的音乐，乃至于吴刚听了都睡不着，在月宫下倚着桂树，嫦娥的仙兔也出神地伫立在月宫，浑身打湿了露水。

这就是李凭和箜篌，如果没有李贺，我们不会记住李凭，更无法通过李贺的诗歌来欣赏能令人神共赏的奇伟瑰丽之仙乐。

李贺在参加科举被打击后，相当郁闷，但经过韩愈推荐，终于在元和六年（811）五月，凭借宗室后裔的身份，当了个奉礼郎，从九品。李贺因为父亲的名字无法参加科举，这回毕竟从父亲的身份下讨得一个小官，也算是步入了仕途，只不过这个奉礼郎是个散官、闲差，从九品，可以说根本不是官。比一般读书人都看不上的八品县尉还不如。所以李贺说自己这段奉礼郎的日子是"牢落长安"。但在长安的生活,李贺接触了官僚和百姓两个阶层,对国势颓败、社会矛盾尖锐有了更深的理解,所以他的主要作品都创作于这个时期。这一时期李贺也结识了很多志同道合的诗友,比如李贺的诗集就是杜牧给他编辑并作序的,要没有杜牧,李贺的诗歌还不能流传呢。

后来李贺身心俱疲,一病不起,回家乡养病,在这个二十来岁的小伙子身上已经显现出下世的光景。李贺辞了小官又去当了节度使的幕僚,在昭义军节度使郗士美幕府当文秘。咱们前边讲过高适,高适就是辞了小官去哥舒翰幕府当文秘,哥舒翰屡建战功就能推荐高适飞黄腾达了,这在唐代也是一种升官的途径。但不是每个节度使都是哥舒翰那样的战神,李贺跟随的这位郗士美出征几次都没有什么战功。老板都告病休养了,李贺也只得回家养病,这次就再也没有出来。

李贺是中唐末期伟大的诗人,他和"诗仙""诗圣""诗佛"齐名,有"诗鬼"之称。

李贺的诗风是想象丰富的浪漫主义,与李白、李商隐称为唐代"三李"。他用极为浪漫的笔调慨叹生不逢时的苦闷,抒发对理想、抱负的追求;对当时藩镇割据的地方混乱局面和宦官专权的朝局以及百姓所受的残酷剥削都有所反映,是中唐到晚唐诗风转变期的一个代表者,留下了"黑云压城城欲摧""雄鸡一声天下白""天若有情天亦老"等千古佳句。

　　李贺写诗非常用功,经常白天骑驴找灵感,随时记录,晚上关上房门、蒙上被子整理诗作。因长期的抑郁苦吟,生活困顿,元和八年(813)因病辞去奉礼郎的职位回昌谷老家,二十七岁英年早逝。

　　　　男儿何不带吴钩,收取关山五十州?
　　　　请君暂上凌烟阁,若个书生万户侯?
　　　　　　　　　　——《南园十三首·其五》

　　李贺的这首在家乡南园写的诗就是我们了解李贺胸怀的最好注解,只不过李贺没有机会上凌烟阁和封万户侯了,他的生不逢时,只能留给我们无尽的唏嘘。但是唐诗不死,李贺永存,诗就是诗人生命的延续,看李贺的诗,我们会记住李贺。

晚唐夕阳

此情可待成追忆——李商隐

李商隐，字义山，号玉溪生，又号樊南生，地地道道的河南人，大才子，出生于河南郑州荥阳，祖籍焦作沁阳，晚唐著名诗人，和杜牧合称"小李杜"，与温庭筠合称为"温李"。

李商隐出身贫困，从小是家中长子，背负了很多重担。想科举求官，却屡试不第，这在晚唐时期十分常见，因为那时候的科举已经失去了公正性，主要靠背景和关系了。李商隐的转机在他十三岁那年，即大和三年（829），李商隐全家迁徙到洛阳，年轻的李商隐因为才华出众，结识了当朝重臣令狐楚。令狐楚官至同中书门下平章事，同平章事这个头衔是唐宋之际加给宰相的，令狐楚以如此之尊，格外器重年轻的李商隐，和李商隐成了忘年交，还让自己的儿子令狐绹与李商隐结伴学习。令狐家父子对李商隐的才华极为看重,在生活上进行了很多帮助,直到几年后令狐楚调任京城,李商隐才和令狐家分手。几年后,在宰相公子令狐绹的大力推荐和赞誉下,李商隐考中了进士。

嵩云秦树久离居,
双鲤迢迢一纸书。
休问梁园旧宾客,
茂陵秋雨病相如。

——《寄令狐郎中》

李商隐这首诗,就是寄给老友令狐绹的,只不过当时的李商隐还是郁郁不得志,而令狐绹已经是官运亨通了。嵩山的云和秦岭的书,就是说两人的天各一方。怎么叙述友谊,只能靠这一纸书信。"梁园旧宾客"是李商隐对自己的隐喻。西汉的梁王刘武,有一个梁园,招揽很多文人朋友在那里欢聚。以梁王为核心,聚集起了当时一大批文化精英,比如后来的司马相如。李商隐说令狐绹就是梁王,我自己就是当年的旧宾客司马相如,你也别问我怎么样了,茂陵秋雨中多病的司马相如就是我的现状。在这首诗中可以看出来,李商隐对朋友的感情之深,对自身前途的愤懑。令狐绹后来和他父亲一样,升官到了宰相,而李商隐终身连个县令都不曾当过,这是为什么呢？令狐父子不是很器重李商隐吗？为什么李商隐就始终不得发展呢？李商隐悲剧的一生，就是晚唐著名的"牛李党争"造成的。牛僧孺和李德裕，先后把持朝政多年，都当过宰相，也都很有作为，但二人政见极为不和，胸怀均不广阔，都善于结党，这就形成了牛李二党。牛党的人得势就会死压李党；李党上台又会疯狂报复牛党，所以在朝堂上形成了不问是非对错只问牛党李党的荒谬情形，朝局混乱不堪。

我们前边介绍过唐代的选官制度，考中进士后，只是一个初步入仕的资格，能不能获得实授官职，只有继续接受吏部的各种考核，越到晚唐这些考核越主要是走形式、看关系了。

开成三年（838）春，李商隐取得进士资格后再应博学鸿词①试希望能实际当官，但仍没有录取。令狐楚恰巧也在这年病逝，李商隐的前途命运显然靠不上令狐大人了，他的伤心和失望可以想象。李商隐这个光杆进士，失去了一个靠山，又没有什么前途，在物价消费都比较高的首都没有生活来源，所以穷苦的李商隐接受了实权派封疆大吏泾原节度使王茂元的聘请，去泾州（治今甘肃泾川县北）做了王的幕僚。幕僚不是官职，但最起码可以挣一份工资，解决吃饭问题。

---

① 博学鸿词：为了解决科举出身后等待入仕所产生的问题，唐代采取了一些相应的措施，其中之一便是设置科目选，而博学鸿词便是其中的重要科目。

老板王茂元对李商隐的才华非常欣赏，欣赏到什么程度？将女儿嫁给了他。就是这桩很幸福的婚姻把李商隐拖入了牛李党争的旋涡之中，一生不能自拔。

李商隐的尴尬处境在于：王茂元与李德裕交好，属于"李党"；而令狐楚父子和牛僧孺不错，属于"牛党"。因此，李商隐娶王茂元的女儿，就被很轻易地解读为对刚刚去世的老师和恩人令狐楚的背叛，那李党的人很快就会让李商隐付出代价。

后来李商隐有机会参加吏部选官考核，结果在复审中被除名。这不是说李商隐没考上落榜，而是李党的人在资格审查阶段就出手干掉了李商隐，资格都没有，考什么官？李商隐的悲愤可以想见。

终于李商隐再次参加吏部铨选，通过了，授官秘书省校书郎。这是一个九品小官，但位置重要，可以处理中央朝政的文书，所以很多大人物的仕途是从这里起步的，李商隐对能当校书郎应该说比较满意。但他满意，李党的人就不满意，很快，李商隐就被平调出京，成了弘农县尉。县尉的生活我们前边说过，大体就是媚上欺下，负责直接欺压百姓的，李商隐的大才如何能屈居这个风尘末吏呢？于是就辞职了，辞职之后是自由了，可也失去了生活来源。后来在朝堂之上，牛李两党轮流掌权，无论谁上谁下，李商隐都成了夹缝中的悲剧小人物。为了生活，他就徘徊在县尉、幕僚的圈子里，一生襟抱未曾开。

> 汉家天马出蒲梢，苜蓿榴花遍近郊。
> 内苑只知含凤觜，属车无复插鸡翘。
> 玉桃偷得怜方朔，金屋修成贮阿娇。
> 谁料苏卿老归国，茂陵松柏雨萧萧。

这首《茂陵》是李商隐咏史诗的代表作，李商隐用汉武帝来影射唐武宗。当时的皇帝是唐武宗，爱好武功、求仙等，这和汉武帝非常相似。茂陵是汉武帝的陵墓，后世普遍用茂陵来代指武帝，这就像霸陵是汉文帝的陵墓，就用霸陵来代指文帝。"玉桃偷得怜方朔，金屋修成贮阿娇"，一句说东方朔，一句说陈阿娇。二人都是不得志于汉武帝的。特别是阿娇，武帝小时候说要金屋藏娇，结果长大后，把贵为皇后的阿娇打入冷宫，自己又宠爱了卫子夫。然后等卫子夫年老色衰后，武帝就以巫蛊之祸，逼得卫子夫自尽，自己又宠幸了倾国倾城的李夫人。凡此种种，天子的宠幸从来没有长久的，东方朔一代雄才，汉武帝也不过把他当作小丑弄臣，李商隐借古人酒杯浇胸中块垒。

> 瑶池阿母绮窗开，
> 《黄竹》歌声动地哀。

八骏日行三万里，

穆王何事不重来？

这首诗是李商隐的咏史名作《瑶池》。传说周穆王时，在昆仑山见到了西王母，西王母和穆王约定明年再见，前提是穆王别死就行。穆王回去就死了，所以失约了，空剩瑶池阿母在窗边独坐。这首诗是李商隐对皇帝求仙的辛辣讽刺，唐武宗迷信神仙方术，吃丹药死了。借周穆王的典故，很好地讽刺了武宗。这种讽刺又不失婉约的诗歌是咏史诗的杰作，太直白会流于浅陋，太隐晦则会不知所云，李商隐的咏史讽喻诗，恰到好处。

但李商隐最为人称道的还是他的感情诗。

君问归期未有期，

巴山夜雨涨秋池。

何当共剪西窗烛，

却话巴山夜雨时。

这首《夜雨寄北》是李商隐的著名绝句，一般认为是写给妻子的。从"何当共剪西窗烛"就能看出来，两人对坐，共剪灯烛，这是夫妻至少是情人间的亲昵之举。李商隐和夫人感情极好，尽管因为娶妻他掉入了牛李党争的旋涡，但李商隐还是特别喜欢这位妻子的。李商隐那种缠绵悱恻又难以言说的复杂感情，和大量运用典故来烘托感情的写法令后人非常钦佩。

元好问写过一个总结历代诗歌的《论诗三十首》，其中专门有一首说李商隐"望帝春心托杜鹃，佳人锦瑟怨华年。诗家总爱西昆好，独恨无人作郑笺"。元好问是金元时代知名的文学大家，对诗论尤其有研究。他精辟地指出，大家都喜欢李商隐的诗歌，"诗家总爱西昆好①，独恨无人作郑笺"。"郑笺"就是郑玄给做的注解，东汉的布衣宗师郑玄，一生遍注群经，给各种儒家经典作注解，对文化传承居功至伟。元好问说李商隐的诗确实好，都喜爱，但就是没有郑玄来做个注解，这是说李商隐的诗感情太为深奥，很多感情是感觉得到，就是摸不着。这也是李商隐的诗歌最为人称道处。

> 锦瑟无端五十弦，一弦一柱思华年。
> 庄生晓梦迷蝴蝶，望帝春心托杜鹃。
> 沧海月明珠有泪，蓝田日暖玉生烟。
> 此情可待成追忆，只是当时已惘然。

这首《锦瑟》，其中"沧海月明""蓝田日暖"都是十分曲折的感情流露，令人不可捉摸，最后"此情可待成追忆，

---

① 李商隐被认为是宋代西昆体流派的鼻祖。

只是当时已惘然",什么情?惘然什么?当时怎么了?李商隐不说,谁也不知道。"诗家总爱西昆好,独恨无人作郑笺。"元好问说得太对了。

李商隐是晚唐乃至整个唐代,为数不多的刻意追求诗美的大诗人。他一生困顿,抱负难伸,但他从不曾气馁,把满腹经纶幻化成了一首首动人的诗篇,李商隐所在的晚唐政局早已不可收拾,但晚唐的文坛因为有了李商隐而大放异彩。以李商隐为代表的晚唐诗歌,也成了几千年来国人的文化追求。就连近现代词坛大家顾随先生,还在一首《浣溪沙》中提到晚唐诗对他的影响:"少岁空怀千古志,中年颇爱晚唐诗。"顾随先生的亲传弟子叶嘉莹、周汝昌后来都成长为大家。李商隐的诗歌就是这样,要历史有历史,要沧桑有沧桑,要迷惘有迷惘,要惆怅有惆怅,总之,你去读李商隐吧,希望你能当那个给李商隐做注释的郑玄。

落花犹似坠楼人——杜牧

> 繁华事散逐香尘,
> 流水无情草自春。
> 日暮东风怨啼鸟,
> 落花犹似坠楼人。
>
> ——《金谷园》

盛唐有"李杜",晚唐有"小李杜",这"小李杜"中的"杜",就是杜牧。杜牧用极高的才情把笔端伸向历史,经他点拨的历史事件,顿觉透彻。

金谷园在洛阳西北,是石崇所建的别墅,极为奢华。石崇何许人也?是西晋首富,且以炫富著称,和当时另一个爱炫富的王恺因经常斗富而名垂青史。

《晋书·石崇传》曰:"石崇有妓曰绿珠,美而艳。孙秀使人求之,不得,矫诏收崇。崇正宴于楼上,谓绿珠曰:'我今为尔得罪。'绿珠泣曰:'当效死于君前。'"随即跳楼而死。这个典故记录了古代一名出身低贱可是义薄云天的侠女。石崇宠爱绿珠,拒绝孙秀的夺爱之举。孙秀就罗织罪名,终于假传圣旨抓捕石崇。石崇在被捕前,正好还在金谷园的高楼中宴饮。石崇倒是不怕死,只是跟绿珠说道:"我今天可是因为你才获罪的。"他这句话可能也没有什么责备的意思,我品味可能是对心爱的女人发了一句牢骚。没想到绿珠十分刚硬,"我应当死在你面前来报答你的知遇之恩!""效死于君前"这五个字不可轻轻读过,要字字去品,你会看到一个决绝赴死报答主人的一代侠女绿珠的影子。绿珠说罢从高楼一跃而下,石崇永远失去了绿珠,孙秀更得不到她。杜牧在诗的最后一句说道:"落花犹似坠楼人。"

这点点落花,就像坠楼而下的绿珠,典故运用得浑然天成,不给人生硬突兀之感,这就是唐诗超越宋诗的高妙之所在。此时此刻,一片片惹人感伤的落花又映入诗人的眼帘。诗人把特定地点(金谷园)落花飘然下坠的形象,与曾在此处发生过的绿珠坠楼而死联想到一起,寄寓了无限情思。一个"犹"字渗透着诗人多少追念、怜惜之情!绿珠,作为权贵们的玩物,她为石崇而死是毫无价值的,但她不能自主的命运不是同落花一样令人可怜吗？诗人的这一联想，不仅是"坠楼"与"落花"外观上有可比之处，而且揭示了绿珠这个人和"花"在命运上有相通之处，比喻贴切自然，意味隽永。

一般怀古抒情的绝句，都是前两句写景，后两句抒情。这首诗则是句句写景，景中寓情，四句蝉联而下，浑然一体。这就是杜牧的功力。绿珠以自身的决绝震撼了历史，而杜牧，目睹着唐王朝不可避免地走向衰亡，他自身又不受重用，无能为力，只能吟诵"商女不知亡国恨，隔江犹唱后庭花"来对历史做一个嘲讽吧。绿珠可怜，杜牧又何尝不可怜呢？"坠楼人"表面指绿珠，也在指杜牧，更在指大唐。

强盗劫诗不劫财——李涉

暮雨潇潇江上村,

绿林豪客夜知闻。

他时不用逃名姓,

世上如今半是君。

——《井栏砂宿遇夜客》

这首诗的作者是晚唐的李涉,他是朝廷官员,在出差夜宿途中,被一伙绿林好汉抢劫了,差点没命,好在好汉们知道李涉的名声,在他送给好汉这首诗后,好汉就放了他。他的诗很有代表性,生动地写出了晚唐的混乱与艰难。

晚唐社会,百弊丛生。朝中腐败,地方祸乱横行,民不聊生。百姓种田没了活路，便纷纷做了盗贼。这些盗贼中有许多并不是杀人如麻、残暴成性的江洋大盗，其中不乏风雅之士，比如让诗人李涉遇见的就是这样一位。

李涉时任太常博士，和随从夜宿。忽然夜半时分，遭遇了一伙强人。刀枪剑戟之中，头领大声喝问："你们是什么人？"随从个个胆战心惊，李涉从容答道："我是太常博士李涉。"话一出口，头领大惊，问："你就是那个大诗人李涉？你要真是李涉，我绝不抢劫钱财，只求诗一首。可否？"

李涉随口吟出一诗："暮雨潇潇江上村，绿林豪客夜知闻。"点名时间地点，和被绿林豪客夜访的遭遇。

"他时不用逃姓名"，这句是针对绿林头领说的。盗贼一般来说都是要隐姓埋名的，可李涉劝这位仁兄不用逃名姓，为什么？因为世上人一半已经都是强盗了。这就是晚唐社会鲜活的描述，也只有李涉用如此文采卓绝的语句将风雨飘摇中的大唐百姓水深火热的生活描写得无比生动。难怪盗贼听后，慌忙拜倒，跪谢赐诗之恩。不但不劫财，反而留下许多财物而去。这就是一首诗不但救命，还获得钱财的故事。这首诗成就了李涉，也成就了那位侠盗。他肯劫诗而不劫财，说明他胸中还有对于文化的追求，一个知道李涉的诗名，并求诗而退的侠盗，如果有谋求正当职业的可能，他会干这豪强的买卖吗？显然"世上如今半是君"的恶果不是百姓造成的，那是谁造成的？

其实大唐的衰败，从安史之乱就已经注定了。大唐朝廷经过几番浴血奋战，终于平定了安史叛军。可细查历史就会发现，安史之乱是唐朝自己镇压下去的吗？安禄山强大时，唐军根本不堪一击。

后来是安史内部发生严重分裂。安禄山和史思明这两个造反巨头分别死于内部人员的争权夺利。安禄山的好儿子安庆绪为了抢夺安禄山的伪皇位，直接手刃了亲爹。具有这种"霸气"的安史叛军想不败都不行。而即便如此，唐军也无力平叛，唐肃宗就屈辱地求回纥和吐蕃出兵平叛。光复长安时，回鹘大军在长安城中大肆蹂躏百姓，其祸远胜安禄山。

如此勉强平叛后，中央陷入了腐败的泥潭，地方开始了军阀割据的序幕。白居易时代还在中唐，那时的当朝宰相武元衡因有意限制藩镇势力，被刺客当街杀死在上朝的路上，且无人敢于破案。满朝文武包括皇帝俱装聋作哑。一国宰相横死路边，竟无人过问，朝政荒谬至此，大唐早国已不国了。武元衡事件后，只有一个不知深浅的小官叫白居易上书请求彻查案件，惩办凶手，结果白居易被贬谪流放。这只是中唐。

再想想李涉所在的晚唐究竟成了什么样子。其实也不用想，"他时不用逃名姓，世上如今半是君"就成了鲜活的写照。诗歌是一种特殊的史料，诗能存史，而且比史料更直观、更生动。上古的《诗经》本身是文学作品，可早就成为先秦史的珍贵史料。一首《桃夭》为我们记录了古时婚恋的浪漫，一首《硕鼠》让我们看到古时腐败的镜头。

这就是我们要读诗、要背诗的最大意义所在：诗即史。

难得有心郎——鱼玄机

> 羞日遮罗袖，愁春懒起妆。
> 易求无价宝，难得有心郎。
> 枕上潜垂泪，花间暗断肠。
> 自能窥宋玉，何必恨王昌。
>
> ——《赠邻女》

说了这么多男性诗人的诗歌，我们来看看一代才女鱼玄机。鱼玄机的生平事迹不见于正史，因为中国历史记录向来有个特点，以官爵立传。不当官很难在青史留名。鱼玄机一个女子，肯定不能当官，所以正史无传。但请注意，正史没有传记，可《全唐诗》给鱼玄机的诗单独编了一卷。《全唐诗》

不是《新唐书》《旧唐书》，但《全唐诗》是诗歌历史上的正史，历史可以不记载鱼玄机，因为鱼玄机才女不够严肃。但文学史不能忘了她，她就凭这一句"易求无价宝，难得有心郎"就足以傲立大唐了。尤其是最后两句"自能窥宋玉，何必恨王昌"，把古代才女的傲气展示得淋漓尽致。宋玉是屈原弟子，文采风流第一。王昌是汉代帅哥，也很潇洒。这两句的意思就是，我自己的理想男子是宋玉，我自能追求宋玉，何必在乎王昌喜不喜欢我呢？弃妇写诗从来哀怨，可鱼玄机这首诗，哀怨后，赫然振起，彪炳千秋。

鱼玄机是陕西长安人，生于晚唐，从小家境一般，但至少能受到教育。据记载，晚唐和李商隐齐名的大诗人温庭筠就和鱼玄机有师生之谊。大家要了解古代的学制，古代没有今天这么普及的小学、中学、大学，读书都是个人行为，没钱的农民子弟，可以买本书自己学。比如元末明初著名的大画家王冕，就是边放牛边背书。有点条件的子弟，就花钱进一些私塾，或者请个老师来家里指导一下，古代是农业社会，没有像现在这么多的商业可以从事。人们的生活轨迹一般都是耕田。有出息的孩子，就白天耕田，晚上加班读书。最后参加科举考试，考上后当公务员，考不上也很正常，就还回家种地，不丢人。耕读传家是我们的理想。

所以鱼玄机一个女孩子，竟然能够有老师来教，证明她的家境至少过得去。许多野史爱把鱼玄机说成妓院出身，其实大家可以思考，即便后来成了风尘女子，她也不能在妓院出生吧？她跟温庭筠有很多轶事，温庭筠怎么会那么耐心地指点一个妓女呢？所以鱼玄机的出身还是清白的，应该是个普通女子，和未当官前的温庭筠有过师生之谊。

鱼玄机的诗歌水平本就极高，在温庭筠的指导下更是突飞猛进，最关键的是，鱼玄机看上了这位老师。由于太缺乏资料，所以我们无从知道细节，只知道结果是温庭筠并没有接受鱼玄机。温庭筠恪守了师道，也或许他觉得自己和绝代芳华的小才女差距过大，史载温庭筠相貌丑陋。但可以确定的是，温庭筠对小才女的感情不可能无动于衷，小才女对老师的爱慕也是一生相伴的。

温庭筠离开了鱼玄机，鱼玄机有一首《早秋》寄给温庭筠。

> 嫩菊含新彩，远山闲夕烟。
> 凉风惊绿树，清韵入朱弦。
> 思妇机中锦，征人塞外天。
> 雁飞鱼在水，书信若为传。

思妇，征人，写的就是自己和老师。温庭筠也和了一首《早秋山居》：

山近觉寒早，草堂霜气晴。
树凋窗有日，池满水无声。
果落见猿过，叶干闻鹿行。
素琴机虑静，空伴夜泉清。

一边是炽热的思念，一边是素琴静、夜泉清。其中滋味，只有当事人才能体味啊。

温庭筠时刻挂念着这位女学生的幸福，他自己没有接受鱼玄机有着太多的无奈，但他积极为鱼玄机找一个更适合托付的郎君。最终温庭筠把鱼玄机介绍给了当朝正是风流潇洒的状元郎李亿。李亿是一个新科高中的状元郎，当然不可能把鱼玄机娶为夫人，只把鱼玄机纳了妾。古代娶亲分两种，可以娶妻也可以纳妾。虽然是妾，但如果能在李家好好生活，这结局也不错。但妾的幸福取决于正妻的态度。李亿的正妻是个非常凶悍的醋坛子，一见面就百般凌辱鱼玄机，李亿无奈，把鱼玄机赶了出来，送到一个道观里，让鱼玄机做了女道士。鱼玄机就是这时起的道号，她本名是鱼幼薇。

鱼玄机被李亿放到了道观里，本来还对李亿有一丝幻想，因为李亿答应她过一阵就能相见，可等来的是李亿带着夫人远赴扬州上任的消息，没有人通知鱼玄机，仿佛几个月前的婚礼就是儿戏。李亿确实喜欢她，可和家族利益、官场需要一结合，就果断让鱼幼薇成了玄机女道长。这时聪慧的鱼玄机，什么都明白了。这就是"易求无价宝，难得有心郎"。非切身之痛，能得到这两句吗？名句不出于文采，出于经历。杜甫的"出师未捷身先死，长使英雄泪满襟"，哪里是说诸葛亮？那完全是说自己一生豪迈，却报国无门，老病死于乡间的悲壮。

鱼玄机的婚姻失败了。她嫁给李亿做妾，但依然不能被李家所接受。鱼玄机先喜欢老师温庭筠，温庭筠出于极大的爱护，没有接受这位年轻貌美、才华横溢的女弟子。可殊不知，这是鱼玄机一生感情挫折的起点，起点就是她没能得到有情郎。当然可以推测温庭筠不接受鱼玄机是出于更大的爱，但那种爱不是鱼玄机要的，她要的就是一个爱自己、自己也爱的有情郎。温庭筠一生对鱼玄机这位女弟子都是饱含深情的，只是没能突破师生伦常这一人为的束缚。温庭筠的许多名作都是写给鱼玄机的，比如这首《送人东游》：

> 荒戍落黄叶，浩然离故关。
> 高风汉阳渡，初日郢门山。
> 江上几人在，天涯孤棹还。
> 何当重相见？樽酒慰离颜。

不说名字，因为不能说，只能把感情寄托在诗歌里。被自己最喜爱的学生所爱，对老师来说，不一定是什么好事。

温庭筠给她介绍了李亿，李亿年轻潇洒，很有才华，本来鱼玄机又有了嫁给有情郎的机会。可李亿用始乱终弃答复了鱼玄机。温庭筠用老师的大爱拒绝了她，李亿用风流才子的薄幸抛弃了她，鱼玄机什么都明白了。

此后的鱼玄机，在道观里，把才情都换作了游戏人生，开始颇为放荡地与各色人等来往。鱼玄机所在的道观一时门庭若市，许多风流才子或好色之人，都慕名而来。鱼玄机再也不寻找什么真情了，用挥霍青春来报复自己悲惨的爱情。

这种放浪形骸的生活，很容易招灾引祸。鱼玄机的一个侍女叫绿翘，和常来找鱼玄机的一位男士私通，鱼玄机责打绿翘时，把绿翘打死了，犯了人命官司，最终被判死刑，年仅二十七岁。就是这么不值，她不可能为了一个风月场中的男人和婢女去争风吃醋，更不可能为了吃醋就犯下人命官司，可她恰恰就这么干了。与其说鱼玄机太冲动，不如说鱼玄机给自己选择了一条了结自己的路。

据说在道观生活的鱼玄机除了豪放地与男人来往交游，没有什么正事。温庭筠曾不远万里来看她，但她没让温庭筠进门。此时的鱼玄机已经不是当年那个知书达理的女学生，她不希望自己最爱的老师看到自己这个样子。

温庭筠应该是鱼玄机心中永远的痛。李亿抛弃了她的身体，温庭筠拒绝了她的心。

"自能窥宋玉，何必恨王昌。"应该就是对温庭筠和李亿一起说的话。

最后,我们欣赏一下这位绝代才女的几首诗。

临风兴叹落花频,芳意潜消又一春。
应为价高人不问,却缘香甚蝶难亲。
红英只称生宫里,翠叶那堪染路尘。
及至移根上林苑,王孙方恨买无因。
——《卖残牡丹》

翠色连荒岸,烟姿入远楼。
影铺秋水面,花落钓人头。
根老藏鱼窟,枝低系客舟。
萧萧风雨夜,惊梦复添愁。
——《赋得江边柳》

鱼玄机死后几百年,南宋首都临安府有个文化书商叫陈起,他组织大规模的雕版印刷,出版了一本《唐女郎鱼玄机诗集》,这是雕版印刷宋版书中的精品,被历代辗转收藏,最后成了无价之宝,现藏于国家图书馆。大家可以去看一看,鱼玄机的灵明霸气透过漂亮的宋体字,扑面而来,穿越了千年的风霜。

秋江上的芙蓉——高蟾

天上碧桃和露种，
日边红杏倚云栽。
芙蓉生在秋江上，
不向东风怨未开。

——《下第后上永崇高侍郎》

这首诗是晚唐大诗人高蟾先生在第 N 次考公务员失利后，写出的一首千古名作。

高蟾，生卒年不详，只知道是唐僖宗时代的人。大唐帝国经过了初唐的蒸蒸日上，盛唐的光辉顶点，再到中唐的盛极而衰，最后到了僖宗时代，就成了日薄西山了。生在这个时代的高蟾，梦想着通过科举而成为大唐的体制内人，结果他失望了。

史载高蟾连续十年科举都不曾考中。看了高蟾的诗歌可以发现，高蟾的大才绝对冠绝一时，但他就是考不中，这是为什么呢？

这一是国运。科举选官关乎国运，同时科举的公正与否也验证着国运的兴衰。国运昌隆之时，选拔制度较为公正。国运奄奄一息时，腐败到处横行，自然会裹挟选官制度。所以，高蟾时代，科举主要靠关系，谁的后台硬谁就能高中功名。谁没关系，就是天才再世，也得靠边站。高蟾就是个草根，根本没有人引荐他。

所以"天上碧桃和露种，日边红杏倚云栽"就形象表达了作者的无奈与悲凉。人家高中的进士，都是那天上的碧桃、日边的红杏。我自己呢？就是那长在秋江之上的芙蕖。

芙蕖就是荷花，是贫寒的文士最喜欢的植物。因为荷花处处开放，不像牡丹那样娇艳富贵，是平民能够接触到的，平易近人又高洁纯净的植物。高蟾用莲花自比，告诉了高侍郎大人，我虽然是一朵秋江上的芙蕖，但我不怨恨东风。我孤芳自赏，我自得其乐。这可以看作是落第后的牢骚，但更应看到作者对权贵的心态是何其磊落。既不激愤，又不谄媚，这是非常难能可贵的。

这里有必要系统地介绍一下科举制的前世今生。

从隋文帝就开创了科举这种选官的伟大模式。但隋代短命，真正把科举发扬光大的还是唐代。汉代流行的"察举征辟"选官的标准无非是道德水平，所以汉代各地选官都靠长官考察和群众推荐，某地出了个"孝廉"，这个孝廉就算进入仕途了。从"孝廉"称呼就能看出来。

但是大家肯定也发现了，这种主观性极强的察举征辟制度很难做到客观公正，而科举制度就把评价人才的标准从不易量化的道德水平变成了能够量化打分的才智测验。科举最常考查的其实就是议论文和诗词创作。唐代科举重视诗词，到了明清取消了诗词创作，专心考议论文，连格式都固定了，所以称"八股"。至今的公务员考试都借鉴了科举的元素。

科举制度的确立，为隋唐以下的宋元明清都树立了标准的选官制度，隋开创、唐宋不断完善，延续千年之久。有了科举后，中国的政治全在科举上安顿，整个近代中国文化有了一条大动脉。全国各地的人才，都向着同一个文化目标奋进，人才可以不拘门第、不受限制地选拔到中央任职，使中国政治永远可以新陈代谢，用于维持一种平民精神，永远有着向心力，永远维持大一统。

科举制让全国热心政治的读书人都可以去政府报名，参加官方的考试，考上后即有了为官的资格。唐朝时科举科目很多，明经、明算等都是科举科目，但随着社会的发展，明经这种只考查记忆力的考试遂被人轻视,大家自觉以难度最大的进士科考试来论英雄,进士科除了写文章之外,还要测诗赋,一般是现场命题作诗。白居易的"离离原上草"就是应试的诗歌。这种考查诗赋的形式,有效堵住了单纯背诵的书呆子,使进士的选拔更增加了含金量。诗赋不可能提前准备,全靠日常积累的文采以及反应速度,能够较为全面地考查出一个人的水平。科举制度下,考中进士后一般都具有了做官资格,但并不马上上任,都要到各个衙门口继续实习历练,逐步从一个读书人成长为合格的政务官。

到了明清两代,科举正式形成了秀才、举人、进士三级。秀才考试由县令主考,考中者叫秀才,只有名誉,不能当官,考中秀才有继续考举人的资格。举人考试要到省城由省长官或朝廷任命的大员来主考,考中后就是举人,可称老爷,可以直接当官了。比如清初著名的一代青天于成龙,就是明朝末年的举人,到了清朝赶上特殊机会,就直接被任命了知县,举人就算正规出身了,可以直接当官。当然举人任命的官职一般不是正职,大多是教育类职务,若嫌官小,也可以继续选择考进士。

进士考试必须在都城进行,俗称进京赶考。只有举人们才能考进士,进士的主考是皇帝,所以考中进士的称天子门生。中进士的极为荣耀,前三名进士是状元、榜眼、探花。这三位不用实习历练,直接授予翰林院编修、修撰等六品官职。以后提拔大员多从翰林院里，所以翰林院虽无实权，却是人人向往的好衙门。其他进士一律进翰林院学习历练，三年后再结业。根据学习情况，分配到各县去当县令。这就是古代平民入仕的不二法门。

科举匡正了察举制的流弊，察举制虽然本意是从平民中选材推荐，但实际的选官权都在地方长官手里，久而久之，这些地方长官在举荐人才时，就会特殊关照地方的势力集团。长此以往，就形成了变相的新贵族，所谓门第、门阀等。而科举产生后，全国人民不分门第，豪族也不优先，平民也不落后，都可以自主报名参加国家的招考，考中者当官，考不中的来年再考，总有希望在。这种制度下，门第贵族再没有了特权。

> 朝为田舍郎，
> 暮登天子堂。
> 将相本无种，
> 男儿当自强。
>
> ——高明《琵琶记》

这首古代的励志歌谣就说明了平民社会的建立和中国社会的平等与奋发。田舍郎和天子堂只隔着一个科举考试，社会最受人尊敬的不再是门第贵族，而是读书人。读书人多来自农民，所以农业越发受到尊重。耕读传家是古人的理想生活。农忙时耕作，农闲时读书。读书考中科举就去城市当官，遇到失意大可以辞官不做，回归田园继续耕作。当官、读书、种田是三位一体的，互为补充，所以中国古代的士人目标从不在城市，城市里的府邸都是办公场所，是临时的住宅，家都在农村。实在不能回归农村的，就在城市里尽量造园林，把田园风光搬进闹市，在闹市中找一种农家情怀的皈依，这就是历代名园的由来。

高蟾是河北人，要知道，晚唐地方割据的藩镇势力早已不把中央放在眼里，很多藩镇的节度使都可以自己任免官职。给朝廷面子的，上个折子让皇帝审批一下；不给面子的，干脆就连告诉也不告诉朝廷。在这种环境下，很多有志青年，都选择放弃科举，去投靠藩镇。

比如前边讲过的罗隐，就是在屡试不第后，投靠了吴越王这个大藩镇，获得了高官。但高蟾对大唐无疑是怀有忠心的，在明知朝廷腐败的情况下，还选择屡屡去参加考试，他的目的绝不是单单为了荣华富贵。要图富贵有好多条路，可以投靠藩镇、可以参与谋反，但选择一心科举，就是选择了中央。他希望通过科举，获得为大唐中央朝廷效力的资格，高蟾是读书人的翘楚，是真正的忠臣。

曾伴浮云归晚翠，

犹陪落日泛秋声。

世间无限丹青手，

一片伤心画不成。

——《金陵晚望》

这首诗，就是高蟾在南京，面对着一片落日余晖，联想到正如此情此景的大唐帝国，生出的无限感慨。

世间有无数的好画家，可谁又能画出伤心呢？盛极一时的世界中心大唐，就要像这一片落日一样不可避免地沉默于西山了，此情此景，谁能道来？只有高蟾。

《下第后上永崇高侍郎》和《金陵晚望》就是高蟾的压卷之作，一首是对大唐腐败的针砭，另一首是对大唐必将没落的无限感慨。有这两首诗在，有没有科举功名，其实已经不重要了。

历史总是充满偶然，就在高蟾绝望之际，写了这首《下第后上永崇高侍郎》，谁料想，位高权重的高侍郎竟然真的被高蟾的文采和风骨所感动。高蟾非常幸运地得到了高侍郎的大力推荐，第二年高中进士，后来仕途顺利，最终当到了御史中丞这样的高官。要知道，在唐代科举时，大官的推荐至关重要，以至于考生考完后都要写诗去献给大官，以求推荐。高蟾想必多少年也不曾得到推荐，这才写给高侍郎，是表明自己如芙蕖一般的风骨，没想到，高侍郎真的被打动了，这就说明，在黑暗的时刻，也有正能量存在。高侍郎举荐高蟾，就是正能量。

这个充满正能量的高侍郎，千家诗注解说是高骈，也有说不是的。总之，是谁不重要，高侍郎的存在，让忠贞的高蟾终于可以一展才华。当然历史没有给高蟾太多的展示才华的机会。唐僖宗时代，爆发了足以灭亡唐朝的最大的一次农民起义——黄巢之乱。

在"冲天香阵透长安，满城尽带黄金甲"的喊杀声中，黄巢攻陷了长安，大唐政权遭到毁灭性打击。但大唐毁灭后，黄巢也没给百姓带来什么实惠，战火所到，平民死伤惨重，黄巢的叛军甚至以吃人来充军粮。

唐僖宗出逃，走投无路的他开始借用沙陀等少数民族的兵马来平乱，结果是引狼入室，乱上加乱。李克用、朱温这些五代军阀都是借着镇压黄巢才兴起的。朱温本来是黄巢手下的造反将领，看着形势不对，就投降了唐朝，把唐僖宗感动得赐名给他叫朱全忠，寓意他能全心全意地忠于大唐。朱全忠还真对得起他这赐名，在黄巢灭亡后，直接废掉了大唐最后一个皇帝唐哀帝李柷，自己建国称帝，是为后梁太祖。中国从此进入混乱的五代十国局面。

所以说全心全意想着为国尽忠的高蟾，已经没有时间为大唐服务了。历史纵横，朝代更替，一切都是过眼烟云，只有不朽的诗篇为那个曾经过往的时代留下了一抹旖旎的残红。

以后人们在议论那些践踏社会公平的官二代、富二代时,都会说到"天上碧桃""日边红杏",这就是高蟾留给我们的宝贵遗产。我们同样不会忘记,即便"天上碧桃和露种",即便"日边红杏倚云栽",我们也不应气馁,我们就是生长在秋江之上的芙蕖,自信人生,傲然直立,"不向东风怨未开"。

我未成名君未嫁
——罗隐

> 莫把阿胶向此倾，此中天意固难明。
> 解通银汉应须曲，才出昆仑便不清。
> 高祖誓功衣带小，仙人占斗客槎轻。
> 三千年后知谁在？何必劳君报太平。

这首诗，是罗隐的名作《黄河》，写在罗隐十几年参加科举又一次落第之后。全诗表面看句句都在写黄河，其实句句说的是晚唐的朝廷。阿胶，传说能够让浑水变清，罗隐先告诉我们，别把阿胶往黄河里倒，倒了也没用，黄河就是浑的。为什么？此中有天意，不可轻易告诉你。什么是天意？传说黄河往上走能到天上的银河，但是越往上走曲曲折折的关系越多，这叫"解通银汉应须曲"，黄河刚从源头昆仑山流出来就已经混浊不清了。在古代，黄河传说是从昆仑山发源的，其实地理上错了，黄河源头在青海省巴颜喀拉山脉，大家了解一下就好，没必要去跟罗隐较真。

第三联，高祖刘邦当年称帝后，为了表彰功臣，给大家封侯，封侯时都要发誓："使河如带，泰山若厉。国以永宁，爰及苗裔。"就是说我们被封的诸侯国，世世代代享受世袭的恩宠，即便黄河变成了小衣带那么细，泰山变成了磨刀石那么小，我们也不会丧失封侯的荣宠。"仙人占斗"说的是神仙们都围着北斗，北斗又代指最高统治者，所以与其说神仙，不如说根本就是写晚唐的生活，神仙们都围着皇帝，罗隐这个出身寒门的穷书生怎么能上去呢？

传说汉武帝派张骞去找黄河源，张骞晕晕乎乎就划船往黄河上游走，不知走了多久，来到一处神秘所在，他看到岸边有个美女在织布，景色奇异，绝对不像人间。他正盯着美女看呢，忽然过来个男的，牵着一头牛，也很诧异地打量着张骞，并且要求他赶快回去，别再往前走了。后来张骞回到了四川，找到当地神机妙算、未卜先知的严君平，严君平一算，说："你知道你到哪了吗？你已经到了天河了，织布的是织女，牵牛的是牛郎。"这个传说就是黄河源头连着银河的来源。

大家且看，罗隐一首诗，句句都是典故，没点文化很难看懂，但懂了典故之后，就不难了。最后一联罗隐很愤怒地说:"黄河三千年才澄清一次，谁也等不到，用不着你们这群小人在这歌功颂德地报喜不报忧。"罗隐这句话成了名句，讽刺歌功颂德的小人。

　　罗隐考了十几年科举，始终落榜，就凭罗隐这文采和诗风，在腐败的晚唐他就必须落榜。但罗隐心念大唐，一直考中央的科举，当时真正的人才都纷纷投靠割据一方的藩镇了，跟着藩镇将领反而能得到重用。但罗隐能坚持考十几年科举足见罗隐的忠心。最终在黄巢之乱时，罗隐隐居深山，出山后投奔了吴越王钱镠的幕府，在藩镇里受到重用，成为唐末五代时的著名人物。

　　唐朝灭亡后，朱温这个唐朝的叛将建立了后梁，开启了五代十国的混乱。割据吴越的钱镠，想给朱温称臣，咨询到罗隐。罗隐义正词严地指出，大王你是唐朝封的藩镇，现在唐朝灭亡你应该起兵诛杀叛逆，怎么能向朱温这个叛逆称臣呢?

　　钱镠听后非常感动，他说我本以为你因为科举蹉跎十分痛恨唐朝，没想到你这么心怀故国，从此越发器重罗隐。钱镠和罗隐的这个对话，被写进了《资治通鉴》。朱温反复无常，先是黄巢大将，又投降唐朝，又趁乱弑君篡位，最终被儿子也篡了。朱温这种人物出现在改朝换代之际，真应了陈独秀先生的诗:"自来亡国多妖孽。"

要知道晚唐政治腐败成什么样,不妨再看下面两首诗

> 夫因兵死守蓬茅,麻苎衣衫鬓发焦。
> 桑柘废来犹纳税,田园荒后尚征苗。
> 时挑野菜和根煮,旋斫生柴带叶烧。
> 任是深山更深处,也应无计避征徭。
> ——杜荀鹤《山中寡妇》

山中寡妇,丈夫已经当兵死了,这是军烈属啊,惨到就差饿死了,躲在深山老林也没能逃过官府的压榨。"任是深山更深处,也应无计避征徭。"

> 渤澥声中涨小堤,
> 官家知后海鸥知。
> 蓬莱有路教人到,
> 亦应年年税紫芝。
> ——陆龟蒙《新沙》

这首诗写得更形象。

渤海浪潮中涨起了一块小堤,官府知道后海鸥才发现,这句诗是讽刺的经典之作。"官家知后海鸥知",如果蓬莱仙岛真有路能让人过去,那帮神仙也得乖乖地给政府交灵芝的

特种商品税。子曰苛政猛于虎，柳宗元在中唐就写过《捕蛇者说》，老百姓宁可让蛇咬死也承受不了苛捐杂税，那时才只到中唐，现在是晚唐、唐末，难怪罗隐会十几年考不上，没点关系哪能上去呢？

初唐的时候，一个穷困潦倒、没钱吃饭的马周，靠一篇文章就博得了唐太宗的青睐，由布衣当到了中书令，成为一代宰相。这种能给人才以出头的气度和制度，是大唐勃兴的基础。到了唐末，政治不上轨道，裙带、黑金、腐败横行，民生凋敝，官吏层层盘剥横征暴敛，人才再难以出头，除了被踩蹋至死就只能投靠藩镇，参与叛军，最终成为唐朝的掘墓人。

国家给人才以公平的出头机会，人才才会不断贡献力量给政权，这是历代开国时的良性循环；国家被利益集团垄断，下层出身的人才没有了出头之日，就会逐渐成为新政权取代旧政权的掘墓人，这就是历代败亡时的恶性循环。晚唐这几首著名的诗歌，用诗的语言，展示出这个历史的真理。

再说回罗隐。某次进京赶考时，罗隐在旅途上遇到了营州的歌妓云英。

云英色艺俱佳，曾与罗隐对饮。罗隐对云英印象颇深。时光流逝，岁月穿梭。十二年后，罗隐还奔波在科举之路上，只是鬓已斑白。或许是命运有意嘲讽，罗隐在当年与云英把酒言欢的酒楼，竟然又遇到了仍在卖唱的云英。

云英一眼认出了罗隐，惊叹之后，云英看着罗隐一身布衣，欲言又止，终于感叹道："罗秀才竟然还是白衣！"白衣就是平民，古时只要考取功名，就有了身份地位，从此不必再穿白衣。

罗隐闻言唏嘘不已。十二年过去，自己参加科考十次竟然毫无结果。而面前那位色艺双绝的女子云英呢？她离自己嫁人从良的愿望还有多远呢？显然云英还在卖唱，但容貌也不是十二年前的青春了。相同的命运，相似的遭遇，罗隐对云英的话难以回答，但又要对云英说点什么，于是就有了这首名作：

钟陵醉别十余春，
重见云英掌上身。
我未成名君未嫁，
可能俱是不如人？

——《赠妓云英》

云英有着赵飞燕的窈窕身段，可以掌中起舞，如此醉人的身姿不可谓无实力，那又如何呢？十年后，云英还是歌妓，还难以从良。

自身呢？有着"笔落惊风雨，诗成泣鬼神"的才情，但又如何呢？连考十次，次次落榜。功名如何与我无缘？

"我未成名君未嫁",莫非我们真的都比别人差吗?罗隐问得云英泪流满面,自己又何尝不是泪如雨下。

罗隐此后,终于绝意科考,于公元909年(后梁开平三年)去世,享年77岁。这在唐朝绝对是高寿。

罗隐的诗歌在晚唐独树一帜,其诗骨力雄奇,又多讽谏,令人深思叹惋。如名句"时来天地皆同力,运去英雄不自由",就是他自己一生的写照。

抛掷南阳为主忧,北征东讨尽良筹。
时来天地皆同力,运去英雄不自由。
千里山河轻孺子,两朝冠剑恨谯周。
唯余岩下多情水,犹解年年傍驿流。

——《筹笔驿》

还有"采得百花成蜜后,为谁辛苦为谁甜",把蜜蜂的付出与无奈写得拍案叫绝。

不论平地与山尖,
无限风光尽被占。
采得百花成蜜后,
为谁辛苦为谁甜?

——《蜂》

这些有着极高现实意义、闪现着思想光辉的诗句显然不是什么科举功名能够衡量的。罗隐屡试不第，不影响我们对他的怀念。罗隐同时代考中进士的人，我们能记住几个呢？历史悠悠，如黄河滚滚，总会淘尽尘沙，留下真金。

我花开后百花杀
——黄巢

> 飒飒西风满院栽,
> 蕊寒香冷蝶难来。
> 他年我若为青帝,
> 报与桃花一处开。
>
> ——《题菊花》

　　这首诗的作者,是晚唐不能不说的一个大人物——黄巢。黄巢是山东菏泽人,出生在一个富裕的盐商家庭,从小就表现出了天才少年的一面。五岁的时候,和爸爸、爷爷在一起玩,金秋时节,黄巢的爸爸诗兴大发,以菊花为题,祖孙三人联句作诗。轮到黄巢时,黄巢脱口而出上面这首菊花诗。特别是最后两句"他年我若为青帝，报与桃花一处开"一出口，就把黄巢的爸爸和爷爷惊得说不出话来。这种帝王霸气的诗句，怎么能从一个五岁孩童口中说出呢？但事实就是如此，黄巢这首诗，成了谶语，直接预见了黄巢将来改天换地九五之尊的霸气。

成年后的黄巢也曾参加科举，可屡试不中。好在黄巢还有家族企业，就当起了垄断食盐生意的大老板。

食盐，这个东西在今天的超市里一块钱一袋，根本算不得什么民生命脉。可在古代，没有发达的海盐提纯技术，而食盐又是生活必需品，所以盐商或者和政府合作经营官盐，或者走私私盐，都能获得暴利。黄巢当不上官但是不缺钱，加上黄巢性格洒脱，好行侠仗义，这都为他后来起义积累了资本。

唐僖宗乾符二年（875），此时连续的大旱已经让山东地区的百姓民不聊生了，而荒淫的唐僖宗还在横征暴敛，这就是进入亡国倒计时的大唐帝国的现状。越来越多的走投无路的流民积聚在好打抱不平又有钱粮的黄巢身边。黄巢带领这些贫困农民已经和唐朝政府爆发了数次武装冲突，最终黄巢决定正式揭竿而起，打出了响应王仙芝，推翻大唐的起义大旗。

王仙芝也是盐枭，早黄巢一年开始起义，在河南长垣揭竿而起，号称"天补平均大将军"，这个口号，表达了千百年来平民要求政府能够照顾贫富平均的良好愿望。大唐政府不照顾平均，让富人太富，还想多吃多占；穷人已经活不下去了，还要交税纳粮。所以不求政府了，走投无路，就自己开路，去推翻政府，自立一片新天地。

这是一向朴实、忍耐、不喜惹是生非的中国农民在走投无路之时发出的强烈吼声。王仙芝做到了，他的起义军势如破竹，得到了四方豪杰的响应。特别是黄巢的加入，更是使他如虎添翼。但是王仙芝在奋勇起义之余，又时不时有些自己的小打算，比如面对唐朝的诱降，黄巢断然拒绝，王仙芝则一度想合作，都是黄巢力阻，才没有投降唐朝。

最终起义五年后，王仙芝战死。黄巢被推举为"冲天大将军"，成了义军的领袖，势如破竹，先南下广州，平定了盘踞在广州的外国商人的叛乱。广州作为国际化通商口岸，有很多波斯、阿拉伯等国的穆斯林商旅，在中国挣钱久了，难免有非分之想。

这些胡商，趁着唐末中央的腐败无能，自己建立起了武装，窃据广州，残害大唐百姓。黄巢先率农民军南下，一举收复广州，然后挥师北上，直取长安，势如破竹。唐僖宗模仿他祖上唐玄宗，带着后妃太监奔逃到四川。大唐皇帝又一次开始了逃亡到蜀地的历程。

唐僖宗逃走后，黄巢攻占了长安。

请注意，历史上对于黄巢的起义军多有微词，说他们残害平民、烧杀抢掠。这个是实情，战火连天，百姓最为遭殃。"兴，百姓苦，亡，百姓苦。"但黄巢在起义前期，还是非常注意军纪的。

刚入长安，黄巢严格约束下属，对百姓秋毫无犯。对唐朝的官员，四品以下的官吏全部留用，四品以上的驱逐。这是十分明智的，足见黄巢的治国才能。要知道，新的政权建立没有那么容易，留用这些中下级官员，对于迅速稳定政权、安抚百姓有着十分重要的意义。

政府高官一般是决策层，黄巢自然有自己的决策层，不需要他们来决策。但四品以下的官员，是负责具体业务的，这些官吏如果废黜则很难短期培养。所以黄巢非常明智地做了入城后的安排。这些举措，让最初的一段时间，百姓们箪壶食浆地拥护黄巢。

黄巢于881年1月16日在唐朝皇宫的含元殿登基称帝，国号大齐，年号金统。881年，是金统元年，此时唐僖宗的年号是广明元年。一旦皇帝的年号开始频繁更换，就说明这个皇帝快完了。因为古代迷信，国家出现不可收拾的大事时，皇帝要改个年号。唐僖宗没事就改年号，这就说明他面对的全是人力不能摆平的大事，他只能求助于上天。当然，腐败成那个样子，上天也不会帮他。

黄巢建国称帝，给了大唐王朝致命一击。接下来，黄巢陷入了历代农民起义的死循环。打江山容易，坐江山尤难。

黄巢在长安不久，起义军的劣根性暴露，开始在城里烧杀抢掠。史载"黄巢不能禁"，这是说黄巢也想约束部卒，但约束不住了。此时，唐朝大军杀回来，黄巢失去了民心，自然就放弃了长安，开始了流寇作战。

农民起义，最易犯的毛病就是不能巩固根据地，打一枪、抢一票，然后就跑，最终被官军赶尽杀绝。黄巢的起义持续了十年。但从他占据长安称帝到败亡不过3年。公元884年，黄巢败入泰山山区。黄巢的部将林言，献上黄巢首级投降。

《新唐书·黄巢传》正史记载，最后时刻，黄巢对自己的外甥林言说："你把我首级献出去，能保命。不要便宜了外人。"林言痛哭。黄巢自己动手自刎。这位大英雄，实践了自己五岁的誓言："他年我若为青帝，报与桃花一处开。"

> 待到秋来九月八，
> 我花开后百花杀。
> 冲天香阵透长安，
> 满城尽带黄金甲。
>
> ——《菊花》

历史上歌咏菊花的不计其数，唯独黄巢这首咏菊诗，彪炳千古。尽管兵败，尽管千秋帝梦终成灰烬，但黄巢毕竟用自己的双手奋斗出了一个不曾有人达到的高度，这就是英雄。有理想，并且拼尽全力努力实践了，这就是英雄。

> 三十年前草上飞，
>
> 铁衣著尽著僧衣，
>
> 天津桥上无人问，
>
> 独倚危栏看落晖。
>
> ——《自题像》

这首诗，据说是晚年黄巢所作。因为又有记载，黄巢当时没死，首级是假的，黄巢遁入空门，借着佛法掩护，浪迹江湖，晚年看破一切，写了这首诗。此诗真伪历代争论不休，我没见过黄巢先生本人，无从断其真伪，但从全诗特有的霸气与恢宏，的确是黄巢这样英雄的手笔。

黄巢败亡了，但请记住，灭掉黄巢起义军的绝不是荒淫的唐僖宗和他的唐政府。黄巢起义初，政府军一败涂地，真正对黄巢进行了有效抵抗的是扬州割据的军阀高骈。高骈后来闭守扬州不出，黄巢才得以一路北上。起义后期，对黄巢有效杀伤的是沙陀族首领李克用和黄巢手下反复无常的小人朱温。李克用和朱温带着自己的大军追击黄巢，黄巢一度惨到没有军粮。

据说他残忍地把流民抓来扔进一个容器，磨成肉酱充作军粮。如果此事属实，黄巢已遭天谴。大唐腐败本该灭亡，但关平民何事？此时拿人肉充饥的黄巢，早已不是当初那个义正词严指责王仙芝投降、对百姓秋毫无犯只为重整河山的冲天大将军了。黄巢败亡有其因果，但李克用的横加打击、朱温的反复无常，都是不能忘记的史实。

后来李克用和朱温又帮大唐延续了几年生命，然后就把大唐甩进了历史垃圾堆。李克用和朱温都活跃在比晚唐更加腐败和混乱的五代时期，朱温建了后梁，李克用建了后唐，都当了皇帝。

当黄巢死后，急于请功的官吏们把黄巢留下的一干美女姬妾押进了长安，交给了皇帝处置。唐僖宗别看十分无能，只知道逃跑，然其一旦回朝，还是颇有淫威的。他质问这些黄巢姬妾，说："你们曾经都是王公大臣孩子，都是宗室之女，世受国恩，怎么能去侍奉贼人呢？"

黄巢打进长安城，许多王公贵戚的子女来不及躲避，都成了黄巢的俘虏。一干公主、郡主之类的，必然就被黄巢纳为姬妾。一干深宫中的女流，在战火连天的岁月本就没什么尊严。但站在唐僖宗的立场上，她们就是汉奸。所以逃跑归来的皇帝理直气壮地质问这些侍奉过黄巢的皇族女眷。

这些黄巢姬妾里领头的一位皇族女眷，历史上没有留下姓名，至少是个郡主级的人物。听了皇帝的质问，不卑不亢地说道："面对黄巢的千军万马，我们能做什么？皇上要是嫌我们没有为国抗敌，那不知道置满朝文武公卿大臣于何地?"这话说出来后,唐僖宗哑口无言。这几句话,就像若干年后宋太祖赵匡胤质问西蜀国的花蕊夫人时,花蕊夫人的回答一样,铿锵有力,回荡千古。

宋太祖灭了西蜀国,俘虏了国王和王妃,然后带有调戏性质地质问西蜀国第一美女花蕊夫人:"你们国家怎么亡国了?是不是因为你这个红颜祸水啊?"花蕊夫人写了四句诗,回应了赵匡胤。

> 君王城上竖降旗,
> 妾在深宫那得知?
> 十四万人齐卸甲,
> 更无一个是男儿!
>
> ——《述国亡诗》

西蜀国有精兵十四万,面对北宋进攻,不战而降,西蜀国主孟昶,一味投降逃避,贪生怕死,最终丢了江山,成了俘虏,没有多活几天,就被赵匡胤赐死了。黄巢的姬妾和花蕊夫人一样,有着清醒的思维和浩然之气,远胜须眉男子。

唐僖宗丢了面子,就赐死了这些黄巢姬妾。越是自身懦弱之人,越是心胸狭窄残忍。襟怀坦荡之人,才是真正的英雄。行刑的刽子手都十分同情这些无辜的女人,要知道她们本来是金枝玉叶,要不是拜朝廷腐败所赐,哪来的这些刀兵之灾。好容易黄巢覆灭，唐朝政权恢复，谁料想迎接她们的是死刑。跟着反贼还有条活路，跟着自家朝廷却是死路一条，从这一点来看，大唐再不灭亡，也就说不过去了。

刽子手同情这些无辜的公主郡主们，让这些女人喝酒，喝醉了再动手。这些可怜的贵妃们一边喝一边流泪，最后醉倒，被杀。只有那个为首的敢和唐僖宗对答的无名侠女，到死都没有喝酒，更没有号啕大哭，她对自己的阶层，对自己的祖国，应该已经是深深地绝望。

黄巢884年兵败，朱温907年废唐哀帝改朝称帝。黄巢死后的第23年，朱温成了历史的主角。

黄巢死后不久，被唐僖宗赐名为"朱全忠"的朱温，用实际行动报答了如此看重他的皇帝，朱温继黄巢之后掌握了大唐的中枢权力，先杀掉唐昭宗，又逼迫唐朝最后一个皇帝哀帝让位，然后再杀之。已经被黄巢打得千疮百孔、濒临灭亡的大唐，经这位朱全忠之手，直接灭亡了。朱温，这位先跟黄巢起义，又投靠政府军镇压起义军，再反过来干掉唐朝的朱全忠，成了后梁朝开国太祖。

伍

唐诗禅意

　　唐代是一个神奇的朝代，在那个朝代里，不只文人雅士善于赋诗，就连化外之人、不问世事的高僧们，也信手拈来，随意留下的就是不朽的诗篇。下面选取寒山大师、赵州禅师、六祖慧能等佛门名宿的诗作，让我们领略一下高僧笔下的大唐。高僧的诗不再是个人的吟风弄月，而是对世界与人生的大思考。禅机与哲理，正是中国传统文化自带的方便法门。

挂在青天是我心——寒山大师

寒山是一位高僧，在唐代就闻名遐迩，他的闻名不是他留下了哪些事迹，而是留下了一首首脍炙人口却又蕴含无尽哲理的诗歌，可惜大师生卒年不详。大师的一生有着太多的神秘色彩，至今苏州的寒山寺就是纪念寒山大师的寺院。但寒山大师生平事迹却不在苏州，而在浙江天台上。

最早让寒山大师闻名遐迩的是一位官员：闾丘胤。闾丘胤是台州太守，太守在唐代是一个地区的最高军政主官，不是小官。据说闾丘太守上任前，忽然得了头疼病，吃药也不见好，查不出病因。恰好一个游方和尚路过，用一口清水喷到脸上，就解决了闾丘太守的病痛。大家不要笑话古人迷信，在唐朝佛教极受推崇，全国崇佛，太宗李世民就隆重接见取经归来的玄奘大师。但有一点需要说明，历史上的玄奘大师去印度求法可比《西游记》里艰难多了。

《西游记》中玄奘有齐天大圣开路,天蓬元帅、卷帘大将护行,坐骑还是白龙马。现实中的玄奘,别说白龙马,连路费都没有,就是"一钵千家饭,孤身万里游"。拄个拐杖,端个钵盂,一步一步化缘走到印度,路上真正是千难万险,九死一生。玄奘大师徒步穿越了今天都难以逾越的塔克拉玛干沙漠,走过了死亡之地罗布泊。

接着说这位闾丘太守,他对治好他的僧人千恩万谢,请教法号,这位僧人是丰干禅师。丰干禅师对闾丘太守说,你去了台州上任,那里有两位神人一定要亲近,那两位都在台州的国清寺,都是下级僧侣,都在厨房烧火做饭。一位叫寒山,一位叫拾得。闾丘太守不解,丰干禅师笑着说:"寒山文殊,拾得普贤。"说罢飘然而去。闾丘太守也是崇佛之人,马上明白了,国清寺那两位烧火僧人是文殊菩萨和普贤菩萨的化身。于是牢记这个因缘,去了浙江上任。

太守一到任,马上拜谒国清寺。把国清寺管事的僧人吓坏了,地方最高长官亲自视察,于是大开山门准备迎接。谁料太守一下轿不管迎接的队伍,飞奔向厨房,要找寒山和拾得。一众僧人万分惊讶,随着太守跑向厨房,正遇见寒山和拾得两位僧人拉着手笑着从厨房出来。闾丘太守一见倒地便拜。一众人等都傻了,太守怎么给这两个下级和尚磕头?闾丘胤非常虔诚地顶礼叩首,寒山和拾得笑着把闾丘胤拉起来，说："丰干饶舌！你自见弥陀而不识，找我俩作甚？"说罢哈哈大笑而去，直奔台州城外的寒岩山。闾丘太守恍然大悟，听说寒山拾得是文殊和普贤菩萨化身就急忙来见，殊不知，救了自己的丰干禅师，竟然是阿弥陀佛化现。这就是佛教里很有名的典故"自见弥陀而不识"。这个典故引申开来，对我们自身都有教育意义，有的时候，我们千里迢迢追寻了很多外在的东西，可能那个最关键的就在我们身边而我们却不识。

闾丘太守带着人虔诚地去追寻寒山和拾得二位高僧。两位却不愿再和俗人接触，留下一句话说："大家好好努力！"就劈开一处岩石，随身而入，随后岩石合拢，再无寒山和拾得。

闾丘胤感慨万分，又搜山良久终不能见两位高僧，只发现山间树干上刻着几百首寒山留下的诗歌。于是搜集整理，刻印成《寒山集》，我们今天能看到的这些经典诗作，都是当年寒山大师刻在树干上的。寒山大师一生隐居深山，不涉红尘，有了诗作随手拿石头刻在树上，这是最自然的。你要说寒山的诗写在高档宣纸上，那还真得鉴定一下真伪。

众星罗列夜明深，岩点孤灯月未沉。
圆满光华不磨莹，挂在青天是我心。

——《众星罗列夜明深》

这首诗是寒山的代表作。高僧悟道后，天地万物与自身已浑然一体，明月皎皎就是此心悠然。

寒山和拾得两位高僧的典故还有很多，比较著名的是这段对话：

> 昔日寒山问拾得曰：世间谤我、欺我、辱我、笑我、轻我、贱我、恶我、骗我，如何处之乎？
> 拾得云：只是忍他、让他、由他、避他、耐他、敬他、不要理他，再待几年，你且看他。

这段小对话，说出了世间大道理。生活中，处处用加法，结果不一定完美。减法，有时能让我们成就一番事业。

> 人问寒山道，寒山路不通。
> 夏天冰未释，日出雾朦胧。
> 似我何由届，与君心不同。
> 君心若似我，还得到其中。
>
> ——《人问寒山道》

肯定在唐朝就有许多仰慕者要追随寒山大师的踪迹，但大师和蔼地告诉他们："寒山路不通。"为什么？"与君心不同。"哪里不同？世人的名利、爱欲、荣华，寒山大师没有，所以他有路。你为什么路不通？不是你找不到路，而是你把名利、爱欲、荣华看得太重，重道挡了你的路你还不知。要解决也简单，"君心若似我，还得在其中"。你只需把心还原到寒山大师那个状态，你就能找到路。

寒山和拾得两位高僧，有如此心胸和气魄，能看透生命，体悟天地，难怪被看作文殊和普贤两位菩萨的化身。寒山和拾得二位也被称作"和合二仙"。有兴趣的朋友，去姑苏城外的寒山寺，听一听"夜半钟声到客船"就了解了。

春有百花秋有月
——赵州禅师

春有百花秋有月，
夏有凉风冬有雪。
若无闲事挂心头，
便是人间好时节。

这首诗为宋代无门慧开禅师所作，描写了赵州禅师的人生境界。

赵州禅师，是一位活了一百二十岁，在佛教禅宗历史上具有开创地位的高僧，他八十岁时仍然在到处行走，过着苦行生活。走到石家庄下辖的赵县，看上了县城边的一处跑风漏气的破旧寺庙——观音院，赵州禅师就停下来，住在观音院里，开始讲经说法，接引门徒。当年的观音院，就是如今闻名海内的柏林禅寺。禅寺内修建于元代的舍利塔供奉着赵州禅师的舍利子。

起初当地百姓对大师并不友好，观音院也是个四处透风的破庙，可禅师靠着自己的苦行和开口就是醒世恒言的佛法功底，逐渐吸引了四方学子，香火也逐渐鼎盛，最终大师主持的观音院成了闻名河北的禅宗祖庭。

当地颇有势力的成德节度使赵王王熔也慕名而来，成了大师的护法弟子。赵州禅师在赵县住下后，形成了一个佛教中心。每天来参访赵州大师的人络绎不绝，赵州大师给门徒说法的语录被编辑成《赵州语录》，至今还指导着人们的生活。

赵州禅师留下了《十二时歌》，全天十二个时辰，每个时辰禅师写几句诗来概括，最终，成了这首长诗。下边录的是最后一首《子时歌》，子时已到深夜，禅师在一天艰苦的劳作后，可以在庙里安身了。但他的房间没有暖气和空调，甚至连床都没有。土床，芦席，佛像前都没有安息香，因为没钱，只剩下屋子里的牛粪气。就是这样一种环境，禅师以开悟的心胸，为天下学人立起了赵州的宗风，着实令我们敬佩。赵州禅师之后，观音院曾长期沉寂，一直到20世纪80年代，还是一片废墟，被赵县师范学校当成了校舍，早没有了僧人。很少有人知道这里曾经是一代禅宗祖庭。

半夜子，心境何曾得暂止。

思量天下出家人，似我住持能有几。

土榻床，破芦箅，老榆木枕全无被。

尊像不烧安息香，灰里唯闻牛粪气。

——《十二时歌·子时歌》

这是赵州禅师刚刚到柏林寺住持时的艰辛写照。千年之后，柏林寺几度兴衰，到了今天，在政府关怀和十方善信的努力下，已经是十分恢宏的庙宇了，柏林寺和赵州桥一道成为了石家庄赵县的著名旅游文化景点。

且看下面这段著名的公案。

师问二新道："上座曾到此间否？"

云："不曾到。"

师云："吃茶去！"

又问那一人："曾到此间否？"

云："曾到。"

师云："吃茶去！"

院主问："和尚，不曾到，教伊吃茶去，即且置；曾到，为什么教伊吃茶去？"

师云："院主。"

院主应诺。

师云："吃茶去!"

——《指月录》卷十;《五灯会元》卷四;《古尊宿语录》卷十四

一日,两位刚到寺院的行脚僧人慕名来找赵州禅师,请教修行开悟之道。赵州禅师先问其中一人在以前来过这里没有,回答没有来过,赵州禅师让他吃茶去。

又问另一位僧人以前来过这里没有,回答来过,赵州禅师还是让他吃茶去。在身边的寺院监院这时满腹疑问,连忙问赵州禅师:"师父,新来的叫他吃茶去是可以理解的,来过的人为什么也叫他吃茶去呢?"赵州禅师突然喊了一声监院的名字,监院应声答应,赵州禅师同样让监院吃茶去。对于这段公案,柏林禅寺里"禅茶一味"碑记中以"新到吃茶,曾到吃茶,若问吃茶,还是吃茶"的十六字加以概论。

对于新到、曾到和监院三个人,赵州禅师一概奉上一杯茶,让他们统统吃茶去。这三声颇有回味的"吃茶去"道出了赵州以茶接人的一片禅心。这杯茶是赵州禅师的心印传法受用,并毫不犹豫地拿出来与大家分享。这杯茶,禅林中人誉为"赵州茶",千年以来开化了无数学人。

禅在哪里?佛又在哪里?就在当下,我们的生活中,生活中的一切无不是道,无不真实,禅心如同一盏灯把生活照亮,赋予事物崭新的意义,如同"吃茶去"。院主的疑问,是心念有执，赵州禅师以一杯茶把他救回来，在一问一答的瞬间将迷失的心唤醒。在赵州禅师这里只有一杯茶，生活与信仰，形而上与形而下，最超越的精神境界与最物化的日常生活，就这样水乳交融，一味无别。

赵州"吃茶去"公案，其实就是引导学人走向生活实践的一种体验方式，也是赵州作为禅宗直指人心的一种开示，"吃茶去"三字已非字面内涵所在，其深刻意蕴在于使人即事而真，即俗超凡。日本茶道鼻祖村田珠光之师一休对之给予高度评价道："一味清净，法喜禅悦，赵州至此，陆羽未曾至此。"

"吃茶去"是禅茶一味的真谛，是茶道的精神源头，是东方智慧奉献给人类文化最珍贵、最璀璨的瑰宝。

生活中，有许多烦恼，怎么办？吃茶去。啊？吃茶怎么解决烦恼？吃茶去。这就是禅，这就是智慧。佛法并不神秘，就是智慧，生活的智慧，人生的态度。

还有一个公案更能说明问题。

一个僧人来问赵州禅师，如何是佛法。

禅师问：吃粥了吗？

僧人答：吃了。

禅师说：洗钵盂去。

哪那么多烦恼？哪那么多啰唆？吃粥了吗？没吃就先吃。吃了，吃了就刷碗去。多简单。生活就是这样。

本来无一物——六祖慧能

在唐代，佛教中国化达到了空前的鼎盛。佛法自汉代传入中国，经历了一系列和中国传统文化的融合与碰撞，最终在唐代形成了禅宗佛法，从而标志着印度佛学彻底的中国化，也正因为佛法适应了中国传统文化忠孝仁义的思想，又为世人指出了一条便捷的解脱之路，所以佛法在唐代达到了鼎盛。

李世民时代，玄奘大师西行求法，名动天下。到了武则天时代，佛教禅宗领袖神秀大师被请进皇宫，为皇帝讲法。史载，神秀大师是肩舆上殿，就是由人抬着小轿子进殿，入朝不跪。这些都获得了武则天的认可，更表示出家人拜法王不拜人王的尊贵。

神秀大师是一代高僧，在禅宗修行方法上主张渐修，就是要有次序地逐步修行，但很可惜，没有得到禅宗五祖弘忍大师的认可，没有得到禅宗六祖的衣钵传承。五祖弘忍大师在经过一系列考察后，还是把第六代祖师的衣钵传给了慧能，慧能就是著名的六祖。

说到这一段五祖传六祖的公案，大家都有所了解。五祖弘忍大师名满天下，弟子众多。弘忍大师想要传承衣钵，这份衣钵是达摩祖师来中国后留下的，要禅宗历代祖师代代相传。五祖弘忍当时座下弟子中，最有实力的就是神秀大师，神秀大师已经代师傅传法，有着非常高的名望。但五祖大师总对神秀修为还有一丝犹豫，不是说神秀大师不好，而是他对于禅宗追求的"开悟"似乎总差了一层。

五祖出题，要大家各自写一首诗，来证明自己的修为。神秀大师的诗很好：

> 身是菩提树，
> 心如明镜台。
> 时时勤拂拭，
> 莫使有尘埃。

这四句，是非常到位的修行法门，身体修炼得和菩提树一般，不受干扰。心如明镜一样，我们常常修行，不要让各种欲望的尘埃弄脏心灵的镜子。平心而论，神秀大师这种修行的法门，是非常适合普通大众渐渐修行，逐步努力，最终达到解脱的。可五祖弘忍大师没有认可。

六祖慧能大师此时也在庙里，听说老和尚要大家写诗，自己也想了四句，可此时的慧能大师仅仅是个干粗活的厨房杂役，且六祖不会写字，六祖就央求一位居士代为书写，写到了墙壁上。

>菩提本无树，
>
>明镜亦非台。
>
>本来无一物，
>
>何处惹尘埃。

这四句从神秀大师那首翻来，却处处更进一步。菩提树之前也没有菩提树，明镜台那里也不是明镜台，我们人生来来去去，有什么是自己能带走的？什么也没有，说什么勤拂拭、惹尘埃呢？六祖的意思是自己这个身体在佛法看来就是空的，谈什么尘埃呢？六祖尽管不识字，但就是凭借着聪慧的本性，一语中的，直指人心，见性成佛，开发出了禅宗不立文字，直指人心的最高境界。五祖弘忍大师一下就认可了慧能，把衣钵传给了这位厨房杂役，而没有给德高望重的神秀大师。慧能大师的法门被称为顿悟，神秀大师的路子被称为渐修。

其实无论顿悟还是渐修，都是为了发明本心，让我们的心灵不要受太多后天名利的牵绊，回复本性的宁静，这就是参禅，没什么神秘的，更不是迷信。参禅为了什么？为了悟道。悟道后呢？为了更好地生活，自度度人，自觉觉他，庄严国土，利乐有情。这就是佛法的大意，不神秘。

六祖后来在广东弘法，被称为岭南真佛，是为禅宗南宗。神秀大师继续在北方弘法，得到了官方认可，获得了武则天的推崇。禅宗一下领导了佛教。禅宗能成为佛教的主流，就是因为禅宗融合了非常优秀的中国传统文化特点，慧能大师并不鼓励信众出家，而是经常教导在家弟子好好生活，孝养父母，夫妻和睦，好好工作。大家看六祖慧能大师的无相颂：

> 心平何劳持戒，行直何用修禅；
> 恩则孝养父母，义则上下相怜。
> 让则尊卑和睦，忍则众恶无喧；
> 若能钻木出火，淤泥定生红莲。
> 苦口的是良药，逆耳亦是忠言；
> 改过必生智慧，护短心内非贤。
> 日用常行饶益，成道非由施钱；
> 菩提只向心觅，何劳向外求玄。
> 听说依此修行，天堂就在目前。

大家看看，这首诗歌中，哪一句不是生活？孝养父母就是有恩，上下相怜就是有义。

生活就是佛法，佛说烦恼即是菩提。这就是慧能大师给我们的智慧。

这也是佛法的生活真谛：尊敬上级，体恤下级，孝养父母，善待朋友，这就是佛法，你按这些来生活，不用去庙里烧香，自有菩萨护佑。换句话说，你要杀人放火、恶贯满盈，就是捐个金佛大像给庙里，也保不住自身。这就是佛法吸收了儒家、道家等中国传统文化后，形成的对世间有善化功能的佛教，太虚大师把它归纳为"人间佛教"。河北赵县柏林禅寺的净慧长老提出"生活禅"，都是这个意思。

有人拿了一首卧轮禅师的诗给慧能大师看，卧轮禅师写道：

> 卧轮有伎俩，
> 能断百思想。
> 对境心不起，
> 菩提日日长。

卧轮禅师的四句，可以说达到了相当高的境界。大家想想，境就是生活中的场景，对着纷繁的场景能够心不动，这应是有着相当高的禅定修为。可慧能大师看了，却说还没有开悟，这样修行是不对的。慧能大师也说了四句：

　　慧能没伎俩，

　　不断百思想。

　　对境心数起，

　　菩提作么长。

　　这四句就像当年六祖针对神秀大师的四句一样，那么透彻，那么直接。我没有什么伎俩，为什么要断思想？活人怎么能断了思想？对着生活中的各种境界，我也不必考虑动不动心，因为早已没有了烦恼和菩提的区别。生活就是禅，禅就是生活，佛即是烦恼，烦恼即是菩提，一切这么自然，本来无一物，何处惹尘埃。高僧笔下的唐诗多带有禅意，你悟了吗？

附 诗意人生
——参加诗词节目趣谈

很多朋友最初认识我，知道我是一个喜欢弘扬传统文化的老师是在电视荧屏上。所以很有必要把我参加电视诗词节目的一些趣事跟大家聊一聊，让大家更好地了解诗词节目，进一步爱上古诗词文化。

就从央视的《中国诗词大会》说起。2016年的冬天，没有下雪，我正在给几个诗词研究生讲格律。电话响起，是中央电视台《中国诗词大会》栏目编导，沟通良好，机缘成熟，我就拿着央视的邀请函进京了。

录节目在北京星光影视园，每天化妆、候场、录制，一住就是半个月，很多有单位牵挂的选手，如果单位不给方便，就无缘大会了。好在江山如画，一时多少豪杰，豪杰都比较有空。巍巍百人团就如期进京了。

诗词大会是主持人、点评嘉宾和百人团诗词达人共同呈现给观众的诗词盛会，不是大赛。参与性、普及性是主流，古诗的考查难度不大，而答题形式新颖，要按九宫格在众多干扰项中选出正确的一句诗。这个看似简单，其实太难。前两场比赛，我的九宫格选字题几乎全错，而很多小朋友却能全对。小朋友都会的诗，大学老师却选不对，这就是节目的魅力所在。

后来我渐渐适应了九宫格模式，做题细心了一些，也得到了上场答题的机会。我在第三场和北师大的汉服才女森森、小神童叶飞、徐州的大学老师朱捷同台竞技，大家都是爱诗的诗词达人，互相切磋学习了不少，比如我在候场时，给几位达人分享我对苏轼《记承天寺夜游》着装问题的疑惑时，森森才女就深表认同。这种诗词的无障碍交流，就是百人团选手的最大幸福，这是一种诗意人生的幸福。

那一场比赛我的九道题都答对了，但是积分比别人少，所以不能去挑战擂主。很多媒体问我没当擂主是否有点遗憾。这里告诉大家：确实没有遗憾，我能站在央视的舞台去展示了传统文化的才华，让电视观众通过我的展示，了解了诗词的魅力，了解了全民阅读的重要，这就足够了。所以我在比赛中的胜负心是很小的，表现出来就是一贯的从容淡定。和我一样淡定的还有上海中学的才女姜闻页，她在下场时说的一句诗就是"草木有本心，何求美人折"。诗意在手，胜负何忧?

第十场决赛时,我又侥幸从百人团冲出,去和场上最高分武亦姝同学比拼"酒"字飞花令。我现场穿着一个红毛衣,要上场时导演觉得不帅,我只好去百人团里现场抢服装,正好诗词达人金国印一表人才地坐在那里,于是我就披着金国印的那件蓝色战袍登上了决赛的舞台。大家后来在《新闻联播》《焦点访谈》中看到的我决赛时那件深蓝西服就是金兄的。

和不喝酒的高中生武亦姝比拼飞花令也很有意思。亦姝同学细心地从"把酒问青天"这些耳熟能详的句子说起,这是正确的飞花技巧,大家要好好学习。我则完全无技巧,把一些"酒债寻常行处有""天若不爱酒,酒星不在天"一类的诗句随性发挥,一会儿卡壳了,就愉快地祝贺武亦姝胜利。学生能够超越老师,这本身就是老师所愿。所以我对主持人董卿说:"我上来是'九嶷山上白云飞',我下去是'帝子乘风下翠微',大家通过我爱上诗词,爱上阅读,这就足够了。"我这种淡定从容,只为弘扬文化的心态,获得了主持人董卿老师以及点评嘉宾康震教授的赞誉,我深受鼓励。亦姝才女之后去和彭敏才子争夺状元、榜眼,我就是一片绿叶,衬托起这两位才子才女。

此次诗词大会录制半个月,每天和百人团同吃同住,经常能遇到一些才华横溢的老相识。比如诗词量极大的唐山检察官时秀元。我和时检早年一起参加过河北电视台《中华好诗词》栏目,该栏目也是一档弘扬诗词文化、展现诗词魅力的节目,我和时检都是第三季选手,时检是优秀的通关选手,我侥幸蝉联了六期擂主。在河北台的这档诗词节目上,我也认识了很多志同道合、才华横溢的诗词达人。比如为这本《你若幸福,必有诗香》写推荐语的中南才女楚凌岚。楚楚毕业于中南大学,古诗词功力深厚,尤擅吟唱,后来楚楚出版诗集《涟漪集》时,我为其写了寄语,《涟漪集》出版后,已成为我们学校图书馆的正式馆藏。

在《中国诗词大会》录制期间,和我同寝的诗友是参加过陕西卫视《唐诗风云会》栏目获得亚军的陕西名师张欣未。我也参加过这个栏目,早就结识了欣未兄,这回他也成功冲出百人团,在第九场登台亮相,一展陕西唐诗之乡的名师风采。

除了和一些旧友相会,诗词大会的录制也使我结识了很多新知。

比如用一指禅点平板电脑,九宫格选字找不着时就"一怒摔平板"的刘老师。刘老师是陕西大汉,当过民工泥瓦匠,一本诗集手不释卷,刻苦读诗写诗,终于为自己写出了一片灿烂人生。刘老师在诗词大会第一场登场,展现了优秀小学教师的深厚诗词功力。录制一结束,刘老师就给我寄来了自己的诗集《蒹葭词》。我把《蒹葭词》送给我校图书馆正式收藏了。还有辽宁的才女冬妍，两度冲出百人团，我在沈阳师大和辽宁科大的图书馆讲座时，她友情出演，来表演古诗吟唱。巡航南海的朱杰，我在东莞讲座时专程赶来看我，诗友在诗词大会之后还有很多交流，这种交流就是诗意的延续。今年三月，我又应邀进京，参加中宣部的诗词座谈会，和康震、郦波、蒙曼等知名学者以及诗词大会主创人员一道畅聊诗词文化的繁荣与振兴。我和彭敏、陈更、弋琅等诗词大会百人团诗友再度相聚，不亦乐乎。彭敏兄欣然命笔为本书做推荐，这都是诗词大会的延续，是诗词火种的延续。

诗词大会百人团就是一百个火种，火种回到全国各地，就会绽放出更好的诗词文化之花。聚是一团火，散是满天星，人生自有诗意。

我此次参与央视《中国诗词大会》的录制，收获良多，能够在主流媒体展示诗词文化，为传统文化的弘扬做一点贡献，非常高兴。另外结识了许多志同道合的诗友，这都是意外之喜。诗词大会已经落幕，很多观众会问比赛获奖怎样、名次如何，我都会淡然地告诉他，百人团个个是诗词英雄，就连那几个外国友人，他们用中文来参与背诗答题，本身就是对中华文化的尊重，这就称得上英雄。无论参加节目的选手还是观众，都不应该斤斤计较上没上场、对了几题、闯了几关。那都是诗词的附属，追求那个就本末倒置了。

假金方用真金镀，若是真金不镀金。

十载长安得一第，何须空腹用高心？

——李绅《答章孝标》)

唐诗就是好，四句话说得清清楚楚、明明白白，人生自有诗意，胜负何须在意？无论参赛选手还是电视机前的观众，只要是读诗、爱诗之人，就要少一些急功近利的虚浮，就要尽量保持诗性而甩掉一些功利才好。

录制结束后，《诗词大会》在今年春节期间热播，掀起了全国性的诗词热，很多优秀选手都成为了媒体追逐的对象，这是好事，说明诗词这种文化软实力越来越被大众所接受和认可。我也被《中国新闻网》《央视网》等中央媒体专访，被《河北日报》《燕赵都市报》《燕赵晚报》《河北青年报》《石家庄日报》等省市媒体报道，中宣部、石家庄市委宣传部也都邀请我去参加诗词文化座谈，全国各地的大学、图书馆也纷纷邀请我去讲座和指导诗词文化。北至辽东、南抵岭南，大江南北、关内关外都有我传播弘扬文化的足迹。因为诗香，大家认识了我，我又把诗香传递给更多的人。

除河北本地的活动不断外，北边我到了沈阳和鞍山，给沈阳师范大学和辽宁科技大学师生做了《诗意在中华》的讲座；最南边到了东莞，为东莞图书馆"市民学堂"上了《唐诗三百首》的公开课；中间到了岳阳和长沙，在洞庭湖畔和橘子洲头，为美丽的湖南理工学院师生和中图学会阅读推广委做了《人生自有诗意》的演讲……我深知，大家对我的肯定就是社会对传统文化振兴的认可，我是沾了传统文化的光。古诗词一直激励我成长，也可以说我的幸福就来自诗香。石家庄市老年大学聘我为特聘教授，为老年教育事业讲授古诗词。石家庄市桥西区教育局成立学校传统文化促进会，聘我为指导专家和特聘教授，为青少年指导古诗词。这充分说明古诗词在我们社会弘扬和传播的基础正在扩大，中国人正在自豪地重拾文化自信。我愿继续推广以诗词为先导的传统文化，做好这个传统文化推广人。

当然我也曾遇到过比较幽默的插曲，有一个模特演艺公司辗转找到我，向我要一夜爆红的诗词才女武亦姝的联系方式。我问他们意欲何为，他们说要包装武亦姝成为模特。我告诉他们：武亦姝还是高中生，她要学习；你们实在要包装模特，看我行不行？

《中国诗词大会》录制结束时，剧组给了大家一天时间专门拍照留念。很多编导也过来与选手合影。编导们着实辛苦，不吃不睡为大家奉献了这一档高质量的节目。观众、网友们对节目应该多鼓励多包容，关注点在文化，在诗词，不在娱乐八卦和谁赢谁输。编导制作节目、选手参加节目、观众观看节目，一切都是为了文化的传播。往大处讲我们都是为了中华传统文化之崛起在尽自己肩头的一份责任。百人团陆续离京，看着空荡荡的影棚，想着节目录制期间的点点滴滴，我写了一首绝句《赠别》送给大家，百人团诗友多有唱和，大家以这种诗意的方式挥一挥手，不带走一片云彩。

寂寞空庭剩紫霞，
江湖夜雨话三巴。
多情只有沉沉雾，
不忍离人照落花。

有了感情要抒发，就运用古诗词这种中华民族特有的感情表达方式来表达，你会获得诗意的感动和心灵的幸福。这就是我在自觉地过一种让人无比幸福的诗意人生。所以说你若幸福，必有诗香。

最后，以一首我于河北秦皇岛海畔，在相传秦皇入海求仙处所写的《南乡子》词来给本文收尾，愿大家继续关注以诗词大会为代表的正能量文化节目，跟着节目学诗词、品诗香，愿君诗香在手，幸福人生，与读者诸君共勉。

南乡子·秦皇岛望海潮而作

天阔海茫茫，
此岛声闻秦始皇。

夜静海涛三万里，
　　沧桑，
多少风烟一浪扬。
　诗意古今长。
往事依稀映月霜。
天地沙鸥飞寂寞，
　　翱翔，
何日云帆再起航！

一片冰心在玉壶

早在中学讲台耕耘时,我就有意识地把语文课中的诗词教学和历史文化教育相融合,用诗词讲历史,以历史解诗词,积累了不少经验和成果。硕士毕业后,我来到大学工作,本着普及传统文化和提高大学生人文素养的初衷,在全校范围内开设了《大学语文》《传统文化与人生发展》《中国文化史纲要》等课程,继续把诗词和历史的互动作为教学和启发学生的重点,获得了学生的高度认可,这几门课程也一直深受历届学生喜爱。

后来我于2015年和2017年间先后登上了河北卫视《中华好诗词》、中央电视台《中国诗词大会》等弘扬传统文化的正能量节目,有了一定的社会影响,很多社会组织和机构也邀请我去主讲传统文化,我有了更多的机会把"你若幸福,必有诗香"的理念传递给广大心有灵犀的朋友。

早在少年时代，我就和古诗词结下了不解之缘。中文系毕业后就成了语文老师，在教书之余写了不少传播诗词文化和探索诗词育人的文章。随着研究和教学工作的深入，我不断思考现代人为什么要学好古诗词，古诗词对我们现代人的人生究竟有何帮助。我思考的结论是：古诗词承载了优秀的中华文明；古诗词能够打动人心；古诗词是浓缩传统文化的瑰宝；古诗词是萦绕在耳畔的历史的波澜。

本书以唐朝的历史脉络为纲，以相应的人物故事和唐诗为纬，力求深入浅出地为大家重点介绍一些经过历史长河筛选的好诗和好故事。如果把华美的唐诗比作一轮明月，那本书就力图交织出一片"滟滟随波千万里，何处春江无月明"的炫彩华章，也希望读者朋友们通过阅读这本小书，愉快地走进唐诗的世界，去感受诗意人生这股清泉带给我们浮躁心灵的安然与幸福。

为什么读诗能让我们幸福？因为诗香带给我们的是灵动的性灵和厚重的沧桑，这种诗意的性灵和历史的沧桑已经深深地烙印在每个中国人的精神世界里。换句话说，学诗词离不开历史文化修养，历史文化的浓缩瑰宝就是诗词。比如读到张籍脍炙人口的名作《节妇吟》："还君明珠双泪垂，恨不相逢未嫁时。"如果忽略其中的历史文化，就会以为这是爱情诗，其实这是张籍作为一个有气节的士大夫，借爱情诗的外壳来婉拒藩镇军阀拉拢的政治诗。所以诗和史的交相辉映，就成了本书的切入点。

我截至今天已经教授十三年语文课了，给小学生、初中生、高中生、大学生都讲过诗词，凭着对传统文化振兴和诗词教育的这份执着与热忱积累了很多素材，又吸收了多年教学和研究成果写出了这本小书，希望能对读者开启诗意人生尽一点绵薄之力。毕竟诗意是几千年的文化传承，我们这一代人，一定会昂首阔步地把诗情发扬光大，就像"晴空一鹤排云上，便引诗情到碧霄"。

创作过程中，我的研究生景笑然，才华横溢，刻苦治学，每日随我在浩如烟海的诗文和史料里徜徉，为本书完稿提供了诸多贡献。我的父母家人在生活中分担了诸多家务，使我能专心讲授和写作诗词……是大家的共同努力，呈现出了这本带着诗香的小书。愿所有读完这本书的朋友都能体会一个理念，那就是：左手诗词，右手历史，张开双手，就是诗情画意的美丽人生。作为作者我也无须多言了，要说的都在书里，借用和我同姓的王昌龄先生的名句，那就是：

"洛阳亲友如相问，一片冰心在玉壶。"

王子龙

2017 年 8 月于河北石家庄明月斋